이상한 나라의 앨리스

Alice's Adventures in Wonderland

이상한 나라의 앨리스

차 례

Alice's
Adventures
in Wonderland

—

황금빛 눈부신 오후
우리는 유유히 강물 위를 떠가네.
어설프지만 작은 팔로
열심히 노를 젓고
작은 손은 부질없는 손짓으로
우리를 안내하네.

아, 무정한 세 아이여! 이 꿈결 같은 시간에
조그만 깃털 하나 흩날리지 못할
미약한 숨결 같은 이야기를 해달라니!
하지만 가련한 이 목소리가
어찌 세 아이의 간청을 이길 수 있을까?

거만한 프리마는 불쑥 명령하네.
"시작하세요."
세쿤다는 상냥하게 부탁하네.
"황당한 이야기로요!"
테르티아는 일 분도 못 참고
끼어드네.

이내 침묵이 흐르고
아이들은 상상의 나래를 펼치네.
신기하고 이상한 나라를 훨훨 누비고
새나 동물과 다정하게 수다 떠는
꿈의 아이를 쫓아다니네.
마치 사실이라고 믿는 듯이.

이야기도 떨어지고
상상의 샘도 말라
지친 이야기꾼은 슬며시
화제를 돌리려고 하네.
"나머지는 다음에."
신바람 난 아이들은 이렇게 외치네.
"지금이 다음이에요!"

이상한 나라의 이야기는 이렇게 생겨났지.
천천히 하나씩 하나씩
신기한 사건들이 만들어졌지.
이제 이야기는 끝이 났고,
저무는 햇살 속에 즐거운 마음으로
노를 저어 집으로 돌아가네.

앨리스야! 네 부드러운 손으로
이 순수한 이야기를 받아다
어린 시절의 꿈들로 엮은
신비로운 기억의 띠 속에 놓아두렴.
멀고 먼 나라에서 꺾어온
순례자의 시든 꽃다발처럼 그렇게.

1장

토끼 굴속으로

언니와 함께 강둑에 앉아 있던 앨리스는 따분해지기 시작했다. 딱히 할 일이 없었다. 언니가 읽는 책을 한두 번 힐끔 들여다보기도 했지만 책 속에는 그림이나 대화도 없었다.

앨리스는 이런 마음이 들었다.

'그림도 대화도 없는 책을 무슨 재미로 읽지?'

앨리스는 데이지로 꽃다발을 만들어볼까도 했지만 일어나서 꽃을 꺾으러 다닐 걸 생각하니 귀찮아졌다. (날이 더워 졸리기도 하고 머리가 멍해지기도 한 탓이었다.) 바로 그때였다. 눈이 분홍빛인 흰색 토끼 한 마리가 갑자기 앨리스 옆을 쌩하고 지나갔다.

그 모습이 특별하게 보인 것은 아니었다. 토끼가 "이런,

어쩜 좋아. 너무 늦겠어!" 하고 중얼거리는 소릴 듣고서도 앨리스는 크게 이상할 것 없다고 생각했다. (나중에 곰곰이 돌이켜보니 이상하게 생각할 법도 했는데, 그때는 아주 자연스러운 일로 느꼈다.) 하지만 토끼가 조끼 주머니에서 회중시계를 꺼내 보고선 쏜살같이 달려가자 앨리스도 그 자리에서 벌떡 일어날 수밖에 없었다. 사실 앨리스는 그동안 주머니 달린 조끼를 입은 토끼나 조끼에서 시계를 꺼내 보는 토끼를 한 번도 본 적이 없었다. 호기심이 불꽃같이 솟아오른 앨리스는 토끼 뒤를 쫓아 들판을 가로질러 뛰기 시작했다. 때마침 토끼가 울타리 아래에 난 커다란 토끼 굴속으로 깡충하고 들어가는 모습이 보였다.

곧이어 앨리스도 토끼를 따라 굴속으로 뛰어들었다. 세상 밖으로 다시 나올 수 있을까 하는 생각 따윈 할 겨를도 없이.

터널같이 길게 쭉 이어지던 토끼 굴은 갑자기 아래로 쑥 꺼져버렸다. 앨리스는 멈출 새도 없이 깊은 우물처럼 끝도 보이지 않는 굴속으로 떨어져버렸다.

굴이 너무 깊어서일까, 아니면 앨리스가 너무 천천히 떨어져서일까. 다음 순간 앨리스는 어떤 일이 벌어질지 궁금해할 여유까지 생겼다. 우선 어디로 떨어지고 있는지가 궁금해서 아래를 내려다보았지만 칠흑 같은 어둠 속이라 아무것도 보이지 않았다. 그런 다음 벽 쪽을 바라보았는데, 찬장과 책장이 빼곡하게 들어서 있었다. 그리고 여기저기에 지도와 그림들이 걸려 있었다. 앨리스는 그곳을 지나치다가 찬장 선반에 놓인 잼 병 하나를 집어 올렸다. 거기에는 '**오렌지 마멀레이드**'라고 적혀 있었지만 아쉽게도 빈 병이었다. 앨리스는 잼 병을 그냥 떨어뜨리면 밑에 있는 누군가가 맞아 죽을 수도 있다는 생각에 지나치던 찬장 안으로 가까스로 밀어 넣었다.

앨리스는 생각했다.

'이렇게 굴속에서 떨어지고 나면 계단에서 구르는 건 일도 아니겠어! 가족들이 나를 얼마나 용감하게 생각할까! 이젠 지붕에서 떨어져도 입도 뻥긋 안 해야지!' (이건 충분히 그럴듯한 생각이었다.)

아래로, 아래로, 아래로. 끝도 없이 이대로 떨어지기만 하는 걸까?

앨리스는 큰 소리로 말했다.

"도대체 얼마쯤 떨어진 거지? 지구 중심 근처에 온 게 분명한데. 가만 보자. 한 6천 킬로미터쯤 되는 것 같은데." (알다시피 앨리스는 수업 시간에 이런 주제를 배운 적이 있다. 물론 지금은 이야기를 들어줄 사람이 없으니 지식을 뽐낼 만한 적절한 순간은 못 되지만 말이다. 하지만 반복해서 말해보는 것도 복습하기 좋은 기회였다.)

"그래, 그쯤 될 거야. 그럼 경도와 위도는 어떻게 되지?" (앨리스는 경도나 위도라곤 털끝만큼도 아는 게 없지만 입 밖으로 내뱉기엔 그럴싸한 표현이라고 생각했다.)

앨리스는 다시 말을 이었다.

"이러다 지구를 뚫고 나가면 어떡하지? 나와 보니 거꾸로 걸어 다니는 사람들 속에 끼어 있으면 얼마나 재미있을까? 그곳이 대척도(대척지 또는 대척점이라고 하며, 지구 표면의 어느 한 지점에서 180도 반대 방향에 있는 지점을 가리킨다. 앨리스는 지금 대척지를 대척도라고 잘못 말하고 있다 －옮긴이)겠지……."

앨리스는 자기가 말을 뱉고도 아차 싶어 곁에서 듣고 있는 사람이 없는 게 다행이라고 생각했다.

"그래도 나라 이름 정도는 물어봐야지. 실례합니다, 아주머니. 여기가 뉴질랜드인가요, 아님 오스트레일리아인가요? (그러면서 앨리스는 한쪽 다리를 살짝 빼고 무릎을 굽혀 인사하려고 했다. 그렇지만 지금 공중에서 떨어지고 있는 마당에 그게 되겠는가 말이다.) 그런 걸 묻는다고 날 멍청이로 생각하면 어떡하지? 아냐, 절대로 물어보지 말아야지. 어딘가 나라 이름이 적혀 있을 거야."

아래로, 아래로, 아래로. 앨리스는 할 일이 없어 또다시 혼잣말을 하기 시작했다.

"다이너가 나를 무척 보고 싶어 할 텐데. (다이너는 고양이 이름이다.) 식구들이 간식 시간에 우유를 챙겨줘야 할 텐데. 우리 귀여운 다이너! 지금 내 곁에 있으면 얼마나 좋을까! 공중에는 쥐가 없는 게 좀 아쉽지만 그 대신 박쥐를 잡으면 될 거야. 박쥐는 쥐와 모양이 비슷하잖아. 근데 고양이가 박쥐도 먹나?"

슬슬 졸리기 시작한 앨리스는 꿈결에서 하듯 혼잣말을 이어나갔다.

"고양이가 박쥐도 먹나? 고양이가 박쥐도 먹나?"

그러다가 가끔 이런 말도 했다.

"박쥐가 고양이를 먹나?"

어차피 둘 다 대답할 수 없는 질문이라 어떤 식으로 묻든 별 상관은 없었다. 앨리스는 자신이 꾸벅꾸벅 졸고 있다는 생각이 들었는데, 다음 순간 다이너와 손을 잡고 걸어가는 꿈을 꾸기 시작했다. 꿈속에서 앨리스는 아주 진지하게 다이너에게 물었다.

"자, 다이너야, 솔직히 털어놔 봐. 너 박쥐 먹어본 적 있니?"

바로 그때였다. 갑자기 "쿵! 쿵!" 소리를 내며 앨리스의 몸이 나뭇가지와 마른 잎 더미 위로 떨어졌다. 드디어 멈췄다.

앨리스는 상처 하나 입지 않았다. 그 자리에서 벌떡 일어나 위를 쳐다보았는데 온통 캄캄하기만 했다. 앞을 보니 긴 통로가 또 하나 있었다. 때마침 흰색 토끼가 허겁지겁 통로 안으로 들어가는 모습이 눈에 띄었다. 머뭇거릴 시간이 없었다. 앨리스도 바람처럼 쌩하고 토끼를 뒤쫓았다. 토끼는 모퉁이를 돌며 이렇게 말했다.

"아, 내 귀랑 수염아. 어떡해, 이러다간 너무 늦겠어!"

앨리스도 그 뒤를 바짝 쫓았지만 모퉁이를 돌았을 땐 이미 토끼의 모습은 감쪽같이 사라지고 없었다. 앨리스는 천장이 낮은 긴 복도에 덩그러니 혼자 남겨졌다. 천장에 한 줄로 매달려 늘어선 등불이 복도를 밝히고 있었다.

복도를 빙 돌아가며 문이 여러 개 있었지만 하나같이 다 잠겨 있었다. 앨리스는 복도 한쪽 끝에서 반대쪽 끝까지 문을 모두 열어보았지만 헛수고였다. 잔뜩 풀이 죽은 앨리스는 복도 중간까지 다시 걸어오면서 어떻게 하면 여기서 빠져나갈 수 있을지 골똘히 생각했다.

그 순간 작은 탁자가 눈에 들어왔다. 온통 유리로 된 세 발 탁자 위에 작은 황금 열쇠 하나가 놓여 있었

다. 문득 이 열쇠가 여기 있는 문들 가운데 하나와 맞을지도 모른다는 생각이 앨리스의 머릿속을 스쳤다. 하지만 이를 어째! 하나같이 자물쇠가 너무 크거나 열쇠가 너무 작았다. 그러다 다시 한 번 돌아보니 좀 전에는 보지 못했던 커튼이 낮게 드리워져 있었다. 그리고 그 뒤편에 높이가 40센티미터도 안 되는 작은 문이 있었다. 앨리스가 황금 열쇠를 자물쇠에 끼워 넣으니 기가 막히게도 딱 맞는 게 아닌가!

앨리스가 문을 열자 쥐구멍만 한 작은 통로가 나왔다. 무릎을 꿇고 통로 안쪽을 살펴보니 이제껏 한 번도 본 적 없는 아름다운 정원이 한눈에 들어왔다. 앨리스는 어두컴컴한 복도에서 벗어나 화사한 꽃밭과 시원한 분수 사이로 거닐고 싶은 마음이 굴뚝같았다. 하지만 그 좁은 통로로는 머리 하나도 들이밀기 어려웠다.

가엾은 앨리스는 이런

마음이 들었다.

'머리만 들어가면 뭐해. 어깨가 걸리면 아무 소용없잖아. 내 몸이 망원경처럼 접히면 좋을 텐데! 처음만 들어가면 어떻게든 될 것 같은데.'

앨리스는 별 희한한 일이 계속되니 이제는 어떤 일도 일어날 수 있을 것 같다는 기분이 들었다.

앨리스는 작은 문 옆에 있어보았자 별 소용이 없을 것 같았다. 다시 탁자로 돌아가면 혹시나 다른 열쇠가 있지 않을까, 아니면 망원경처럼 사람이 접히는 방법을 설명해놓은 책이 있지 않을까 기대했다. 그러자 이번엔 탁자 위에 작은 병 하나가 놓여 있는 게 아닌가. (앨리스는 "아까는 분명히 없었는데" 하고 중얼거렸다.) 병목에는 큼지막한 글씨로 **"날 마셔요"**라는 문구가 멋들어지게 적힌 종잇조각이 붙어 있었다.

그 말이 아주 그럴듯해 보였지만 영리한 앨리스는 서두르지 않았다.

"아니, 먼저 '독성'이란 표시가 있는지 확인해야 해."

앨리스는 불에 데이거나 야생동물에게 잡혀 먹히거나 그밖에도 안 좋은 일을 겪은 아이들의 이야기를 책에서 읽은 적이 있다. 그건 모두 친구들이 알려준 간단한 규칙을 잊어버린 탓이었다. 이를테면 시뻘겋게 달궈진 부지깽이를 너무 오래 잡고 있으면 화상을 입는다든지 손가락을 칼에 깊게 베이면 피가 나온다든지 하는 규칙들 말이다. 그래서 앨리스는 '독성'이라고 적힌 병에 든 걸 많이 마시면 머잖아 탈이 날 거라는 사실을 잠깐이라도 잊은 적이 없었다.

하지만 이 병에는 '독성'이란 표시가 없었다. 그래서 앨리스는 용기를 내어 맛을 보았다. 그 맛이 얼마나 기가 막히던지(체리파이, 커스터드, 파인애플, 구운 칠면조, 땅콩사탕, 버터 바른 따끈한 토스트가 섞인 맛이었다) 앨리스는 병에 든 걸 단숨에 삼켜버렸다.

*　　*　　*　　*

*　　*　　*

*　　*　　*　　*

"기분이 이상해! 내 몸이 망원경처럼 접히는 것 같아!"

정말 그랬다. 이제 앨리스의 키는 30센티미터도 채 안 될 정도로 줄어들었다. 작은 문을 통과해 저 아름다운 정원으로 들어갈 수 있다는 생각에 앨리스의 표정이 환해졌다. 하지만 키가 좀 더 줄어들지 않을까 싶어 몇 분 더 기다렸다. 앨리스는 마음이 약간 불안해졌다.

'혹시 이러다 양초가 녹아버리듯 내 몸도 완전히 사라지면 어쩌지? 그럼 난 어떻게 되는 거지?'

앨리스는 양초가 다 녹은 다음 불꽃이 어떻게 되는지 상상해보려고 이리저리 머리를 굴렸다. 그런 걸 직접 본 적이 없었기 때문이다.

잠시 뒤 키가 더는 줄어들지 않자 앨리스는 곧바로 정원 안으로 들어가기로 마음먹었다. 아, 가엾은 앨리스! 문 앞까지 와서야 황금 열쇠를 탁자 위에 둔 채 깜빡 잊고 가져오지 않은 것이 기억났다. 다시 탁자로 돌아가 보았지만 이젠 그 위에 손이 닿지가 않았다. 탁자 유리 너머로 황금 열쇠가 똑똑히 보였다. 앨리스는 탁자 다리 하나를 잡고서 있는 힘껏 기어올랐다. 하지만 다리가 너무 미끄러웠다. 진이 빠진 앨리스는 바닥에 털썩 주저앉아 울음을 터뜨렸다. 앨리스는 아주 심하게 자신을 꾸짖었다.

"그렇게 울어봤자 소용없어! 뚝 그쳐!"

앨리스는 원래 자신에게 충고를 잘 하는 편이었는데(물론 그 충고를 따르는 일은 거의 없지만) 어쩔 땐 너무 심하게 꾸짖어 눈에 눈물이 그렁그렁 맺힐 정도였다. 한번은 혼자서 크로케 경기를 하다가 속임수를 썼다는 이유로 자기 따귀를 때리려고 한 적도 있었다. 유별난 아이인 앨리스는 두 사람인 척하는 놀이를 무척 좋아했다.

가엾은 앨리스는 생각했다.

'지금은 두 사람인 척해봤자 무슨 소용이 있겠어! 지금 난 작아서 한 사람 노릇도 제대로 하기 힘들 정도인걸.'

그때 탁자 밑에 놓인 작은 유리 상자가 눈에 띄었다. 상자를 열자 아주 조그만 케이크가 나왔는데, 그 위에 **"날 먹어요"**라는 문구가 건포도로 예쁘게 장식돼 있었다.

앨리스가 말했다.

"그럼 먹어봐야지. 이걸 먹어서 몸이 커지면 열쇠에 손이 닿을 거야. 반대로 작아지면 문 밑으로 기어들어 가면 돼. 어느 쪽이든 정원으로 갈 수 있어. 그러니 무슨 일이 일어나도 괜찮아!"

앨리스는 케이크를 조금 떼어 먹고는 초조한 듯 중얼거렸다.

"커질까? 작아질까?"

앨리스는 어느 쪽인지 확인하려고 머리 위에 손을 올려놓았지만 이상하게도 키는 그대로였다. 원래 사람들이 케이크를 먹으면 아무 일도 일어나지 않는 게 정상이다. 하지만 뭔가 신기한 일을 기대하고 있었던 앨리스에게 이제 평범한 일은 지루하고 시시하게만 여겨졌다.

앨리스는 다시 케이크를 집어 들고는 게 눈 감추듯이 싹 먹어치웠다.

* * * *

* * *

* * * *

2장

눈물 웅덩이

"점점 이상해져!"

앨리스가 소리쳤다.

(그 순간 앨리스는 너무 놀라서 제대로 말하는 법도 잊어버릴 지경이었다.)

"이제는 세상에서 가장 큰 망원경처럼 몸이 마구 늘어나고 있잖아. 잘 있어, 내 발아! (아래를 내려다보니 발이 너무 멀어져서 거의 보이지 않을 정도였다.) 가엾은 내 작은 발들아. 이제 누가 너희한테 신발과 양말을 신겨주지? 난 이제 못 할 것 같아! 너희를 챙겨주기엔 내가 너무 멀리 떨어져 있잖아. 이젠 너희가 알아서 해야 해."

앨리스는 생각에 잠겼다.

'그래도 발들한테 다정하게 대해야 해. 안 그러면 내가 가고 싶은 방향으로 발들이 움직이지 않을지도 몰라. 가만, 크리스마스 때마다 새 신발을 사줘야겠어.'

그러고는 선물은 또 어떻게 전해주나 궁리하기 시작했다.

'아무래도 택배가 좋겠어. 자기 발한테 선물을 보내다니 얼마나 우스꽝스럽게 보일까! 받는 사람 주소는 또 얼마나 이상해 보일까!'

난로 망 앞 깔개 위
앨리스의 오른발 귀하
–사랑하는 앨리스가

'어머, 내가 지금 무슨 말도 안 되는 소릴 지껄이는 거지?'

바로 그 순간이었다. 앨리스의 머리가 천장에 쿵 하고 부딪혔다. 이제 앨리스의 키는 거의 3미터에 가까웠다. 앨리스는 얼른 황금 열쇠를 집어 들고는 정원으로 통하는 문 쪽으로 허겁지겁 달려갔다.

아, 이를 어째, 가엾은 앨리스! 앨리스가 할 수 있는 일이라곤 몸을 옆으로 눕힌 채 한쪽 눈으로 정원을 들여다보는 것이 전부였다. 이제 문을 통과하는 일은 전보다 더 어려워졌다. 앨리스는 바닥에 털썩 주저앉아 엉엉 울기 시작했다.

"너같이 큰 애가(그렇게 말할 만도 했다) 이렇게 울다니 창피한 줄 알아! 당장 그치지 못해! 뚝 그쳐!"

하지만 눈물은 그치지 않고 주르륵 흘러나왔다. 얼마나 많은 눈물을 흘렸는지 앨리스 주위로 깊이가 10센티미터도 넘는 물웅덩이가 생겨났다. 이제 웅덩이는 복도 중간 높이까지 차 올라왔다.

잠시 뒤 어디선가 툭툭 대는 발걸음 소리가 들려왔다. 앨리스는 누군지 보려고 얼른 눈물을 훔쳤다. 아까 그 흰토끼였다. 멋들어지게 차려입은 흰토끼가 한 손에는 하얀 양가죽 장갑 한 켤레를, 다른 한 손에는 커다란 부채를 들고 되돌아오고 있었다. 토끼는 종종걸음으로 급하게 서두르면서 중얼거렸다.

"아! 공작 부인, 공작 부인! 기다리게 하면 펄쩍 뛰실 텐데."

앨리스는 다급한 나머지 지푸라기라도 붙잡고 싶은 심정이었다. 그래서 토끼가 다가오자 작은 목소리로 수줍게 말을 걸었다.

"저기요, 죄송한데요."

화들짝 놀란 흰토끼는 장갑과 부채까지 떨어뜨리고는 어둠 속으로 쏜살같이 줄행랑치더니 이내 사라지고 말았다.

앨리스는 부채와 장갑을 집어 들었다. 그러고는 복도가 너무 더워 부채질을 하면서 혼잣말로 중얼거렸다.

“별일이야! 오늘은 정말 이상한 일투성이야! 어제만 해도 보통 때와 다를 게 없었잖아. 밤새 내가 변한 건가? 가만 보자. 오늘 아침 일어났을 때도 똑같았나? 기분이 살짝 이상했던 것도 같은데. 내가 변했다면 지금의 나는 누구지? 정말 아리송한 문제네!”

앨리스는 제 또래의 아는 친구들을 죄다 떠올리며 그중 누군가로 바뀐 게 아닐지 곰곰이 생각했다.

“에이다는 확실히 아니야. 그 애는 긴 곱슬머리지만 난 전혀 아니잖아. 그렇다고 메이블도 아니야. 난 뭐든 다 알지만 그 앤 아는 게 별로 없잖아! 게다가 그 애는 그 애고, 나는 또 나인걸. 이거 정말 알쏭달쏭한 문젠데! 내가 아는 걸 잘 기억하고 있나 시험 좀 해봐야지. 4 곱하기 5는 12, 4 곱하기 6은 13, 4 곱하기 7은……. 어쩌지, 이런 속도론 20까지도 갈 수 없겠는걸! 하지만 구구단은 그다지 중요하지 않아. 지리를 해봐야지. 런던은 파리의 수도, 파리는 로마의 수도, 로마는……. 아냐, 다 틀렸어! 이건 분명해! 난 메이블이 됐어! 그럼 이걸 외워봐야지. ‘새끼 악어가…….’”

앨리스는 수업 시간에 하듯 무릎 위에 두 손을 포개고 시를 외우기 시작했다. 하지만 목이 쉰 듯 목소리는 이상했고, 입에서 튀어나오는 단어들은 예전과 달랐다.

새끼 악어가
반짝이는 꼬리를 키워가네요.
나일 강의 물을
황금빛 비늘마다 쏟아붓네요!

얼마나 기분 좋은 웃음을 짓는지
얼마나 가지런히 발톱을 뻗는지.
상냥하게 미소 짓는 입속으로
작은 물고기들을 맞아들여요!

"분명히 이게 아니었는데."

가엾은 앨리스의 눈에 다시금 눈물이 그렁그렁 차올랐다.

"결국 난 메이블이 된 거야. 이제 난 비좁은 집에서 살아야 해. 장난감도 없고 공부도 엄청나게 해야 할 거야! 안 돼, 결심했어. 만약 내가 메이블로 살아야 한다면 그냥 여기에 있을 거야. 사람들이 고개를 내밀고 '얘야, 어서 올라오렴!' 하고 말해도 소용없어. 그럼 난 올려다보면서 이렇게 말해야지. '대체 전 누구죠? 그것부터 말해주세요. 만약 그 사람이 제가 되고 싶은 사람이라면 올라가겠지만 아니라면 제가 원하는 사람이 될 때까지 여기 머물러 있을래요.' 하지만 아, 어쩌지?"

앨리스는 와락 울음을 터뜨렸다.

"사람들이 고개를 내밀고 바라봐주면 좋으련만! 나 혼자 여기 있는 게 너무 진절머리나!"

앨리스는 말하다가 자기 손을 내려다보았다. 그러다 자신이 어느새 토끼의 작은 흰 장갑을 끼고 있는 걸 깨닫고는 깜짝 놀랐다.

앨리스는 생각했다.

'내가 어쩌다가 이 장갑을 끼게 됐지? 키가 다시 줄어들고 있나 봐.'

앨리스는 자리를 박차고 일어나 탁자로 가서 키를 재보았다. 예상했던 대로 이제 키는 60센티미터 정도로 줄었고, 계속해서 점점 빠르게 줄어들었다. 앨리스는 키가 줄어드는 이유가 손에 든 부채 때문이라는 사실을 깨닫고는 얼른 부채를 떨어뜨렸다. 자칫하면 몸이 완전히 사라질 뻔했다.

"휴, 간신히 살았네!"

앨리스는 갑작스러운 변화에 잔뜩 겁에 질렸지만 한편으론 아직 살아 있는 게 다행인 듯싶었다.

'이제 정원으로 가봐야겠어!'

앨리스는 작은 문을 향해 전속력으로 뛰었다. 하지만 이를 어째! 작은 문은 아직 잠겨 있고 황금 열쇠도 아까처럼 유리 탁자 위에 놓여 있었다.

가엾은 앨리스는 혼잣말로 중얼거렸다.

"갈수록 태산이군. 아까까지만 해도 이렇게 작지는 않았는데. 절대로! 정말 이건 너무 심하잖아! 심하다고!"

이 말과 동시에 앨리스의 발이 미끄러지더니 다음 순간 '풍덩!' 하고 소금물에 빠져 턱까지 잠겨버렸다. 처음엔 바닷물에 빠진 줄 알았다.

앨리스는 계속해서 중얼거렸다.

"그럼 기차를 타고 돌아갈 수 있어."

(앨리스는 딱 한 번 바닷가에 간 적이 있다. 그래서 영국 해변은 모두 이동식 샤워실이 여기저기 세워져 있고, 아이들은 나무 삽으로 모래를 파고 있으며, 한 줄로 늘어선 민박과 그 뒤로 기차역이 자리 잡고 있는

곳이라고 생각했다.) 하지만 앨리스는 곧 이 소금물이 아까 키가 3미터였을 때 자기가 흘렸던 눈물 웅덩이라는 사실을 알아차렸다.

"그렇게 눈물을 펑펑 쏟아내는 게 아니었어!"

앨리스는 이렇게 말하고는 웅덩이 속에서 빠져나오려고 허우적댔다.

"너무 많이 울어서 벌을 받는 거야. 내가 흘린 눈물 속에 빠져 죽다니! 정말 이상한 일이야! 오늘은 하나같이 이상한 일뿐이네."

바로 그때 조금 떨어진 곳에서 뭔가가 첨벙거리는 소리가 났다. 앨리스는 정체를 확인하려고 그쪽으로 헤엄쳐 갔다. 처음엔 바다코끼리나 하마일 거라고 생각했다. 하지만 자기 몸이 얼마나 작아졌는지를 떠올리자 곧 그것이 자기처럼 발을 헛디뎌 물에 빠진 쥐라는 걸 알았다.

앨리스는 생각했다.

'쥐한테 말을 걸어도 될까? 하긴 여기선 모든 게 이상하니까 쥐가 말을 할지도 몰라. 뭐, 말 한번 걸어본다고 손해 볼 건 없잖아.'

앨리스는 쥐에게 말을 걸었다.

"쥐야! 너 혹시 여기서 빠져나가는 길 아니? 난 지금 헤엄쳐 다니느라 힘이 쭉 빠졌어."

(앨리스는 쥐에겐 이렇게 말을 거는 게 옳다고 생각했다. 쥐에게 말을 걸어본 적은 없지만 오빠의 라틴어 문법책에서 '쥐가, 쥐의, 쥐에게, 쥐를, 쥐야!'라고 적힌 구절을 본 게 기억났다.) 쥐는 호기심 가득한 눈으로 앨리스를 쳐다보았다. 그러고는 작은 눈으로 윙크하는 듯했지만 입을 열지는 않았다.

앨리스는 생각했다.

'우리말을 모르나 봐. 이 쥐는 정복자 윌리엄(잉글랜드의 왕 윌리엄 1세 —옮긴이)과 함께 온 프랑스 쥐일 거야.' (앨리스는 아는 역사 지식을 죄다 떠올렸지만 그게 언제 적 일인지는 확실히 기억나지 않았다.)

그래서 앨리스는 다시 물었다.

"우 에 마 샤트?" (Où est ma chatte?, 내 고양이는 어디 있니? —옮긴이)

이 말은 프랑스어 교과서에 처음 나오는 문장이었다. 그러자 쥐가 갑자기 물에서 펄쩍 뛰어오르더니 겁에 질려 바들바들 몸을 떨었다.

"앗, 미안해!"

앨리스는 가엾은 동물의 마음을 상하게 한 것 같아 얼른 사과했다.

"네가 고양이를 싫어한다는 걸 그만 깜빡했지 뭐야."

쥐는 날카로운 목소리로 불같이 화를 냈다.

"난 고양이 싫어! 네가 나라면 고양이가 좋겠니?"

앨리스는 부드럽게 달래듯 말했다.

"그래, 싫겠지. 화내지 마. 네가 우리 집 고양이 다이너를 볼 수 있으면 좋을 텐데. 걜 보면 고양이에 대한 생각이 바뀔걸. 얼마나 사랑스럽고 얌전한지 몰라."

앨리스는 웅덩이 속에서 느릿느릿 헤엄치면서 반은 혼잣말로 중얼거렸다.

"걘 난롯가에 앉아 기분 좋게 가르랑거리며 발을 핥고 얼굴을 닦아. 품에 안으면 얼마나 푹신한데. 게다가 쥐 잡는 덴 도사라니까. 어머, 미안해!"

쥐는 온몸의 털을 곤두세웠다. 이번엔 기분이 단단히 상한 모양이었다.

"네가 싫으면 우리 이제 다이너 이야긴 더 하지 말자."

"뭐? 우리라고! 마치 내가 그런 이야길 했다는 식이네! 우리 쥐들은 고양이라면 아주 치가 떨려. 더럽고 천박하고 상스러운 애들이야! 다신 내 앞에서 그 이름 입에 올리지 마!"

쥐가 꼬리 끝까지 부들부들 떨면서 소리를 질렀다.

"알았어. 안 그럴게."

앨리스는 황급히 화제를 바꾸었다.

"그럼 넌 개……는 좋아하니?"

쥐가 아무 대답도 없자 앨리스는 신이 나서 떠들어댔다.

“우리 옆집에 아주 착한 개 한 마리가 살아. 너한테 보여주고 싶어! 작은 눈을 반짝거리는 테리어종이야. 기다랗고 곱슬곱슬한 갈색 털이 있어! 물건을 던지면 주워오기도 하고 착하게 앉아서 저녁밥을 달라고 조르기도 하지. 온갖 재주를 다 부리는데 난 절반도 기억하지 못할 정도야. 농부인 주인아저씨가 그러는데, 워낙 쓸모가 많은 녀석이라 100파운드는 나간대! 쥐란 쥐는 깡그리 다 잡거든. 어머나, 이를 어째!”

앨리스는 속상한 듯이 소리쳤다.

“또 네 기분을 상하게 했네.”

이미 쥐는 첨벙첨벙 물살을 가르며 있는 힘껏 헤엄쳐 앨리스한테서 멀어지고 있었다.

앨리스는 부드러운 목소리로 쥐를 불렀다.

"쥐야! 다시 돌아와. 네가 싫으면 개나 고양이 이야긴 하지 않을게!"

이 말을 들은 쥐가 몸을 돌리더니 다시 앨리스 쪽으로 천천히 헤엄쳐 왔다. 쥐의 얼굴은 무척이나 창백했다. (앨리스는 화가 난 탓이라고 생각했다.)

쥐가 떨리는 목소리로 조용히 말했다.

"우리 물가로 가자. 가서 내 이야길 들려줄게. 그럼 내가 왜 개와 고양이를 싫어하는지 알게 될 거야."

때마침 웅덩이 안은 물에 빠진 새와 동물들로 북새통을 이루고 있어 다른 곳으로 가긴 가야 했다. 그사이에 오리와 도도새, 로리 앵무새와 새끼 독수리, 그 밖에도 특이하게 생긴 동물들이 물에 빠져 첨벙대고 있었다. 앨리스가 앞장서자 모든 무리가 물가 쪽으로 헤엄치기 시작했다.

3장

코커스 경주와 긴 이야기

앨리스와 동물들은 괴상망측한 몰골로 강기슭에 모였다. 날짐승들은 깃털이 땅에 질질 끌린 듯 흙투성이였고, 들짐승들은 온몸의 털이 착 달라붙어 있었다. 모두가 몸에서 물을 뚝뚝 흘리면서 시무룩하고 불편한 기색을 내비쳤다.

물론 가장 급한 문제는 몸을 어떻게 말리는가 하는 것이었다. 그들은 이 문제를 의논했는데, 잠시 뒤 앨리스도 예전부터 잘 아는 사이처럼 이들과 아주 자연스럽게 이야기를 나누었다. 특히 로리 앵무새와는 긴 말싸움을 벌였다. 결국 로리 앵무새는 토라져서 이렇게 말했다.

"내가 너보다 언니니까 아는 것도 더 많아."

이 말에 앨리스는 로리 앵무새가 몇 살인지 알기 전까진 따를 수 없다고 고집을 부렸고, 또 로리 앵무새는 못 가르쳐준다며 단단히 못을 박는 바람에 그걸로 이야기는 끝이 났다.

마침내 그중 좀 권위 있어 보이는 쥐가 큰 소리로 외쳤다.

"다들 앉아서 내 말 좀 들어봐! 곧 너희 몸을 말려줄 테니까!"

이 말이 끝나자마자 모두 쥐를 중심으로 둥그렇게 모여 앉았다. 앨리스는 걱정스러운 눈빛으로 쥐를 뚫어지게 바라보았다. 얼른 몸을 말리지 않으면 심한 감기에 걸릴 것 같았다. 쥐가 거드름을 피우며 입을 열었다.

"에헴! 다들 준비됐어? 이건 내가 아는 가장 건조한 이야기야. 조용히 해! 교마 교황의 후원을 받아 정복자 윌리엄은 지도자를 원하던 영국을 정복하고 왕위 찬탈과 정복을 일삼았어. 머시아와 노섬브리아의 백작 에드윈과 모카는……."

로리 앵무새가 몸을 바르르 떨면서 말했다.

"어휴!"

쥐는 얼굴을 찌푸리면서도 매우 정중하게 물었다.

"어, 방금 뭐라고 했지?"

로리 앵무새가 냉큼 대답했다.

"아무 말도 안 했는데."

쥐가 말했다.

"난 또 뭐라고 한 줄 알았지. 그럼 계속하지. 머시아와 노섬브리아의 백작 에드윈과 모카는 윌리엄 편을 들었고, 애국심에 불타던 캔터베리 대주교 스티갠드조차 그게 현명한 처사라고 보고는…….”

오리가 물었다.

“뭘 본다고?”

쥐는 좀 퉁명스러운 목소리로 대답했다.

“그걸 본다고. 물론 ‘그게’ 뭔지는 알지?”

오리가 대답했다.

“내가 본 거면 ‘그게’ 뭔지 잘 알지. 그건 대개 개구리나 벌레야. 하지만 질문은 대주교가 본 게 뭐냐는 거지.”

쥐는 이 질문에 아랑곳하지 않고 다음 말을 이어나갔다.

“에드거 애설링과 함께 윌리엄을 만나 왕관을 수여하는 게 현명한 일이라고 보았지. 처음엔 윌리엄도 겸손하게 행동했지만 노르만족의 오만함은…….”

쥐가 말을 하다가 앨리스를 돌아보며 물었다.

“이제 몸은 좀 어때?”

앨리스는 풀이 죽은 표정으로 대답했다.

“아직도 축축해. 그 이야긴 날 전혀 말려주지 않을 것 같아.”

이때 도도새가 자리에서 일어나더니 엄숙하게 말했다.

“그럼 이렇게 하자. 좀 더 효과적인 방법을 찾기 위해 휴회를 주장하는 바야.”

새끼 독수리가 소리쳤다.

"좀 쉽게 말해! 너무 길어서 무슨 말인지 반도 못 알아듣겠어. 게다가 너도 무슨 뜻인지 모르고 말했잖아!"

새끼 독수리는 웃는 얼굴을 감추려고 고개를 푹 수그렸다. 몇몇 다른 새들은 입도 가리지 않고 낄낄거렸다.

도도새가 기분이 상한 듯이 말했다.

"내 말은 몸 말리기엔 코커스 경주가 가장 좋다는 거였어."

앨리스가 물었다.

"코커스 경주가 뭐야?"

앨리스도 그렇게 궁금한 건 아니었다. 다만 도도새가 누군가 물어봐 주길 기대하는 것처럼 말을 멈췄는데, 선뜻 나서는 이가 없었기 때문이다.

도도새는 입을 열었다.

"그렇담 백문이 불여일견이지." (여러분도 어느 겨울날 해보고 싶을지 모르니 도도새가 설명한 방법을 가르쳐주겠다.)

도도새는 우선 땅에 원 모양으로 경주로를 그렸다. (도도새는 "선이 약간 비뚤어져도 괜찮아"라고 말했다.) 그런 다음 동물들은 선을 따라 여기저기에 섰다. 그러고는 "하나, 둘, 셋, 출발!" 하는 신호도 없이 각자 알아서 내달리기 시작했고, 또 알아서 멈춰 섰다. 그러니 언제 경주가 끝날지 알 수 없었다. 하지만 그렇게 반 시간쯤 달리고 나자 몸이 꽤 말랐다.

갑자기 도도새가 소리쳤다.

"경주 끝!"

다들 도도새 주변으로 몰려들더니 숨을 쌕쌕거리며 물었다.

"그런데 누가 이겼어?"

그건 도도새도 머리를 싸매고 고민하지 않고선 쉽게 대답할 수 없는 문제였다. 그래서 도도새는 손가락 하나를 이마에 댄 채 한참 동안 앉아 있었다. (이건 셰익스피어 초상화에서 종종 볼 수 있는 바로 그 자세다.) 다들 잠자코 기다렸다.

마침내 도도새가 입을 뗐다.

"모두가 우승자야. 그러니까 모두 상을 받아야지."

다들 한목소리로 물었다.

"하지만 상은 누가 주는데?"

도도새는 손가락으로 앨리스를 가리켰다.

"그야 물론 저 아이지."

모두 순식간에 앨리스를 에워싸더니 시끄럽게 떠들어댔다.

"상 줘! 상 줘!"

앨리스는 어찌할 바를 몰라 망설이다가 절망스러운 심정으로 호주머니에 손을 넣었다. 그러고는 컴핏(호두나 과일이 든 사탕 –옮긴이) 한 봉지를 꺼낸 다음(다행히 소금물에 젖지 않았다) 상으로 나눠줬다. 모두 정확히 하나씩 손에 쥐었다.

쥐가 말했다.

"저 아이도 상을 받아야 하잖아."

"물론이지."

도도새가 아주 진지하게 대답하더니 앨리스를 돌아봤다.

"주머니에 뭐 또 다른 건 없니?"

앨리스는 슬픈 목소리로 대답했다.

"골무밖에 없어."

도도새가 말했다.

"그거라도 줘봐."

그러자 모두 다시 앨리스 주위를 에워쌌다. 도도새는 엄숙한 표정으로 앨리스에게 골무를 건네면서 말했다.

"이 우아한 골무를 받아주시길 바랍니다."

도도새가 짧은 연설을 마치자 모두 환호성을 질러댔다.

앨리스는 이 모든 게 터무니없다고 생각했다. 하지만 다들 너무 진지해 보여서 차마 웃을 수가 없었다. 게다가 달리 할 말도 없어 그냥 허리를 숙이면서 될 수 있는 대로 엄숙하게 골무를 받았다.

다음은 컴핏을 먹을 차례였다. 이 때문에 약간 시끌벅적해졌다. 몸집이 큰 새들은 입맛만 다셨다고 투덜대는가 하면, 몸집이 작은 새들은 컴핏이 목에 걸려 등을 두드려줘야 했다. 어쨌든 모든 게 마무리되자 모두 다시 둥그렇게 모여 앉아 쥐에게 다른 이야기를 해달라고 졸라댔다.

앨리스가 먼저 말문을 열었다.

"아까 네 이야기를 해준다고 약속했잖아."

앨리스는 또다시 쥐의 기분을 상하게 하면 어쩌나 싶어 작은 소리로 덧붙였다.

"'고……'와 '개……'를 싫어하는 이유 말이야."

그러자 쥐는 앨리스를 돌아보면서 한숨을 푹 내쉬었다.

"내 이야긴 길고 슬픈 이야기야."

앨리스는 쥐의 꼬리를 내려다보면서 놀란 듯 말을 이었다.

"꼬리가 진짜 길긴 기네. 근데 왜 꼬리를 슬프다고 말하는 거지?" (영어에서 '이야기tale'와 '꼬리tail'는 발음이 같다. 쥐는 'tale'로

말했는데, 앨리스는 'tail'로 잘못 알아들었다 −옮긴이)

앨리스는 쥐가 이야기하는 동안 줄곧 그 문제를 궁금하게 여겼다. 그래서 쥐의 이야기를 대강 이런 식으로 생각했다.

퓨리가 집에서 마주친
생쥐에게 말했지. "우
리 같이 법원에 가
자. 널 고소할
거야. 싫다고 해
선 안돼. 어서 꼭
재판을 받아야
해. 사실 난 오늘
아침에 할 일이
없거든." 생쥐
가 똥개에게
말했지. "저기요,
배심원도 판사
도 없는 그런
재판은 헛수고
가 아닐까요."
늙고 교활한 개
퓨리가 대답
했지. "그럼
내가 판사
가 되고
배심원이
되면 되지.
내가 이 사
건을 맡아
서 너한테
사형선고를
내리고야 말 테
다……."

"너 내 말 안 듣고 있구나! 도대체 무슨 딴생각을 하고 있는 거야?"

쥐가 앨리스를 호되게 나무랐다.

앨리스는 아주 겸손하게 대답했다.

"미안해. 근데 네 꼬리가 다섯 번 꼬부라진 거 맞지?"

쥐는 불같이 화를 내며 날카롭게 쏘아붙였다.

"아니야!"

항상 남을 도와줄 자세가 돼 있는 앨리스는 걱정스럽게 주변을 돌아보며 말했다.

"매듭이라니! 아, 내가 풀어줄게!" (영어에서 '아니다not'와 '매듭knot'의 발음은 같다. 쥐는 'not'으로 말했는데, 앨리스는 'knot'으로 잘못 알아들었다 -옮긴이)

"난 그런 짓 안 해! 넌 말도 안 되는 소리로 날 모욕했어!"

이 말을 던지고서 쥐는 자리를 박차고 저쪽으로 가버렸다.

가엾은 앨리스가 애원했다.

"난 그런 뜻이 아니었어. 근데 넌 너무 쉽게 토라지는 거 아니니?"

쥐는 말없이 씩씩대기만 했다.

앨리스가 쥐를 불렀다.

"제발 돌아와서 나머지 이야기도 해줘!"

그러자 다른 동물들도 한목소리로 외쳤다.

"그래, 제발 이야기해줘!"

하지만 쥐는 못 참겠다는 듯이 자꾸 고개만 흔들어대더니 걸음을 더 재촉했다.

마침내 쥐의 모습이 보이지 않자 로리 앵무새가 한숨을 푹 내쉬었다.

"어휴, 그냥 가버렸네."

늙은 게 한 마리가 이때다 싶어 딸에게 말했다.

"얘야, 저것 봐라. 너는 저렇게 성질을 못 참으면 안 된다!"

딸 게가 퉁명스럽게 쏘아붙였다.

"엄만 좀 잠자코 있어요. 엄마 잔소리는 가만히 있는 굴(영어에서 굴은 과묵한 사람을 뜻하기도 한다 — 옮긴이)도 못 참을걸요!"

앨리스는 딱히 누구를 염두에 두지 않은 채 말했다.

"다이너가 여기 있으면 좋을 텐데. 그랬으면 얼른 쥐를 잡아왔을 거야!"

이 말에 로리 앵무새가 물었다.

"다이너가 누군지 물어봐도 돼?"

다이너 이야기라면 언제든지 할 준비가 돼 있는 앨리스는 신이 나서 대답했다.

"다이너는 우리 집 고양이인데 쥐 잡는 데는 도가 텄어. 다이너가 새 잡는 걸 네가 보면 좋을 텐데! 작은 새는 보자마자 한입에 꿀꺽 삼켜버려!"

앨리스의 말에 한바탕 소동이 일어났다. 몇몇 새들은 황급히 자리를 떴다.

늙은 까치는 조심스럽게 날개로 제 몸을 감싸더니 말했다.

“이제 집에 가야겠어. 밤공기는 목에 해롭거든!”

카나리아는 바들바들 떨리는 목소리로 새끼들을 불렀다.

“가자, 얘들아. 이제 잘 시간이다!”

다들 이런저런 핑계를 대고는 떠났고, 앨리스는 또다시 홀로 남겨졌다.

앨리스는 서글픈 목소리로 중얼거렸다.

“다이너 이야기를 하지 말걸. 이 아래선 아무도 다이너를 좋아하지 않나 봐. 내 눈엔 세상에서 가장 멋진 고양이인데. 아, 사랑스러운 다이너! 널 다시 볼 수 있을까!”

가엾은 앨리스는 너무 외롭고 울적해서 또다시 훌쩍이기 시작했다. 그런데 잠시 뒤 멀리서 툭툭거리는 발걸음 소리가 들려왔다. 앨리스는 고개를 번쩍 들었다. 혹시나 쥐가 마음을 바꿔 이야기를 마저 들려주려고 돌아오는 게 아닐까 하는 기대에 차서…….

4장

토끼, 꼬마 빌을 내려보내다

발걸음 소리의 주인공은 바로 흰토끼였다. 뭔가를 잃어버렸는지 근심이 가득한 표정으로 주위를 두리번거리면서 종종걸음으로 되돌아오고 있었다. 토끼가 중얼대는 소리가 앨리스의 귀에 들려왔다.

"공작 부인! 공작 부인! 내 사랑스러운 발아! 내 털과 콧수염아! 그 벌로 날 사형시키려고 하겠지. 이건 족제비는 족제비라는 것만큼 확실한 거야! 대체 어디다 떨어뜨렸을까?"

앨리스는 이내 토끼가 부채와 하얀 양가죽 장갑을 찾고 있다는 걸 알아챘다. 그러고는 착하게도 그걸 찾아주려고 이리저리 뒤져보기 시작했다. 하지만 그 어디에도 보이지 않았다. 눈물 웅덩이에 빠져 허우적대던 그 순간부터 모든 것이 변한 듯 보였다. 유리 탁자와 작은 문이 있던 긴 복도도 거짓말처럼 사라지고 없었다.

이윽고 토끼는 주변을 뒤지고 있던 앨리스를 보고는 화가 난 목소리로 외쳤다.

"아니, 메리 앤! 대체 여기서 뭘 하고 있는 거야? 냉큼 집에 가서 내 장갑하고 부채 가져오지 못해! 서둘러, 당장!"

깜짝 놀란 앨리스는 사람을 잘못 보았다고 알려줄 겨를도 없이 토끼가 가리킨 방향으로 냅다 뛰었다.

앨리스는 달리면서 중얼거렸다.

"내가 자기 집 하녀인 줄 알았나 봐. 내가 누군지 알면 얼마나 놀랄까! 하지만 부채하고 장갑은 갖다 주는 게 좋겠어. 찾을 수만 있다면 말이야."

이 말을 마치자마자 앨리스는 아담하고 말끔해 보이는 집에 다다랐다. 문에는 '흰토끼'라고 새겨진 반짝이는 놋쇠 문패가 걸려 있었다. 앨리스는 부채와 장갑을 찾기도 전에 진짜 메리 앤을 만나 쫓겨나면 어쩌나 하는 걱정에 노크도 하지 않고 들어가서는 허겁지겁 위층으로 올라갔다.

앨리스는 혼잣말로 중얼거렸다.

"토끼 심부름을 하다니 정말 별꼴이야! 다음엔 다이너도 나한테 심부름을 시키는 거 아냐?"

그러면서 앨리스는 앞으로 일어날지도 모를 일들을 상상

하기 시작했다.

"앨리스 아가씨! 얼른 와서 산책 나갈 준비하셔야죠!"

"금방 가요, 유모! 하지만 다이너 님이 돌아오실 때까지 이 쥐구멍을 지켜야 해요. 쥐가 도망가지 못하게요."

앨리스는 상상의 나래를 이어나갔다.

'다이너가 그런 식으로 사람들에게 명령했다간 집 안에 발도 못 붙일걸!'

어느덧 앨리스는 작고 깔끔한 방으로 들어섰다. 창가엔 탁자가 놓여 있고 탁자 위엔(앨리스가 기대한 대로) 부채와 하얀 양가죽 장갑 두세 켤레가 놓여 있었다. 앨리스가 부채와 장갑 한 켤레를 집어 들고 방을 나오려는 순간 거울 옆에 놓인 작은 병 하나가 눈에 띄었다. 이번엔 **"날 마셔요"** 같은 표시가 없었는데도 앨리스는 코르크 마개를 따고 병을 입술에 갖다 대면서 중얼거렸다.

"내가 뭘 먹거나 마시기만 하면 신기한 일이 일어나잖아. 이 병에 든 걸 마시면 무슨 일이 일어날지도 확인해봐야지. 키가 다시 커지면 좋겠어. 이렇게 작은 몸으로 있는 게 너무 진절머리나!"

정말 앨리스의 말대로 이루어졌다. 그것도 기대보다 훨씬 빨리 말이다. 절반도 채 마시기 전에 앨리스의 머리는 이미 천장에 닿아 눌리고 있었다. 목이 부러지지 않으려면 얼른

고개를 숙여야 했다. 앨리스는 황급히 병을 내려놓았다.

"이 정도면 충분해. 더는 커지지 말아야 할 텐데. 이대로는 저 문으로 나가지도 못하는데. 에이, 조금만 마실걸!"

아! 그러기엔 너무 늦었다. 앨리스는 계속 커져서 곧 바닥에 무릎을 꿇어야 했다. 잠시 뒤엔 그럴 공간조차 부족해 앨리스는 한쪽 팔꿈치를 문에 기댄 채 다른 쪽 팔로 머리를 감싸고 바닥에 누워 있었다. 그래도 키는 계속 커졌다. 앨리스는 마지막 수단으로 한쪽 팔을 창문 밖으로 내밀고 이어서 한쪽 발을 굴뚝 속으로 집어넣었다. 그러고는 이렇게 중얼거렸다.

"이젠 무슨 일이 생겨도 더는 어떻게 할 수가 없어. 난 어떻게 되는 걸까?"

다행히도 그 작은 병의 마법은 효력이 다했는지 앨리스는 더 이상 커지지 않았다. 하지만 자세는 여전히 불편했고 이 방에서 나갈 수 있는 방법도 도무지 없어 보였다. 앨리스는 우울해졌다.

가엾은 앨리스는 이런 마음이 들었다.

'집에 있을 때가 훨씬 좋았어. 계속 커졌다 작아졌다 하지도 않고 쥐와 토끼가 나한테 뭘 시키지도 않았잖아. 토끼 굴로 들어오지 말걸. 하지만…… 하지만…… 말이야. 이렇게 사는 게 더 재미있긴 해. 나한테 무슨 일이 일어날지 정말 궁금하거든! 동화책을 읽을 땐 그런 일이 내겐 절대로 일어나지 않을 거라고 생각했는데, 지금은 내가 바로 그 주인공이잖아! 내 이야기를 쓴 책이 있어야 해! 당연히 그래야지. 내가 크면 한 권 꼭 써야지. 하지만 지금도 벌써 이렇게 커버린걸.'

앨리스는 서글픈 목소리로 말했다.

"어쨌든 여기선 더 클 자리가 없어."

앨리스가 생각에 잠겼다

'그런데 지금보다 나이를 더 먹지 않는다면 어떨까? 한편으론 좋을 것도 같아. 할머니가 되진 않을 테니까. 하지만 그렇게 되면 공부를 계속해야 하잖아. 앗, 그런 건 정말 싫은데!'

앨리스는 스스로 답을 내렸다.

"이런 바보! 여기서 무슨 공부를 한다는 거야? 네 몸 하나 들어가기도 비좁은데. 책은 또 어디다 두려고!"

이런 식으로 앨리스는 혼자서 이편이 되었다가 저편이 되었다가 하면서 그럴듯하게 대화를 이어나갔다. 그런데 잠시 뒤 어떤 목소리가 들렸다. 앨리스는 대화를 멈추고 귀를 기울였다.

"메리 앤! 메리 앤! 당장 내 장갑 가져와!"

이어서 탁탁거리며 계단을 올라오는 발소리가 들렸다.

앨리스는 발소리의 주인공이 자신을 찾으러 온 흰토끼라는 걸 알고선 집이 흔들릴 정도로 몸을 바들바들 떨었다. 토끼를 겁낼 이유가 전혀 없는데도. 이젠 자신이 토끼보다 천 배는 더 몸집이 크다는 사실을 까맣게 잊은 채 말이다.

문 앞에 다다른 토끼는 문을 열려고 했다. 하지만 앨리스가 안쪽으로 열리는 문을 팔꿈치로 꽉 누르고 있었기에 꿈쩍도 하지 않았다. 곧이어 토끼가 혼잣말을 하는 소리가 들렸다.

"그럼 뒤로 돌아가서 창문으로 들어가야겠다."

'그렇게는 못 할걸!'

잠시 뒤 창문 바로 아래서 토끼의 기척이 느껴지자 앨리스는 갑자기 손을 쫙 펼쳐 허공에서 움켜쥐었다. 아무것도 잡히지 않았지만 "꺅!" 하는 작은 비명과 함께 "쿵!" 하고 떨어지는 소리 그리고 "와장창!" 하고 유리가 깨지는 소리가 들렸다. 앨리스는 토끼가 오이를 키우는 온실 같은 데 떨어졌다고 생각했다.

곧이어 성난 목소리가 들려왔다. 토끼였다.

"팻! 팻! 어디 있는 거야?"

그러자 처음 들어보는 목소리가 대답했다.

"예, 저 여기 있습니다! 사과를 캐고 있어요, 주인님!"

토끼가 성난 목소리로 말했다.

“사과나 캐고 있다고? 여기야! 어서 와서 나 좀 꺼내줘!” (또 다시 “와장창” 유리가 깨지는 소리가 들렸다.)

“팻, 말 좀 해봐. 창문 안에 있는 저게 대체 뭐야?”

“파르인데요, 주인님!” (팻은 ‘팔’을 ‘파르’라고 발음했다.)

“팔이라고, 이런 닭대가리! 저렇게 큰 팔 본 적이 있어? 창문에 꽉 들어찼잖아!”

“정말 그러네요, 주인님. 하지만 그래도 팔이긴 팔인데요.”

“뭐가 됐든 저기 있을 이유가 없잖아. 가서 치워버려!”

이 말을 끝으로 한참 동안 조용하더니 이따금 "싫습니다, 주인님. 절대로, 절대로요", "시키는 대로 해. 이 겁쟁이야!"와 같은 속삭임만 들려왔다.

결국 앨리스는 손을 다시 펼쳐 허공에서 움켜쥐었다. 이번엔 두 개의 작은 비명이 들려왔고 유리 깨지는 소리가 더 크게 났다.

앨리스는 생각했다.

'오이 키우는 온실이 많은가 봐. 다음엔 재들이 또 무슨 짓을 할까? 날 창문 밖으로 끌어내려는 거라면 제발 그러면 좋겠는데! 난 여기서 한순간도 더 있고 싶지 않아!'

앨리스는 잠시 기다려보았지만 아무 소리도 들리지 않았다. 얼마 뒤 작은 손수레 바퀴가 덜컹대며 구르는 소리가 들려오더니 여럿이 시끌벅적 떠드는 소리가 이어졌다. 앨리스는 그들의 말소리를 똑똑히 들을 수 있었다.

"사다리 하나는 또 어디 있지?"

"글쎄, 난 이거 하나만 가져왔는데. 빌이 갖고 있을걸."

"빌! 사다리 갖고 와, 친구! 여기 구석에 세워봐."

"아냐, 먼저 사다리 두 개를 묶어야 해."

"아직 반도 안 닿잖아."

"아, 이제 충분하겠다. 적당히 하라고."

"이봐, 빌! 이 밧줄 잡고 있어."

"지붕이 견뎌낼까?"

"저 석판 헐거우니까 조심해."

"어, 떨어진다! 아래, 머리 조심해!" (와장창 깨지는 소리)

"누가 그랬어?"

"빌인 것 같아."

"그럼 굴뚝은 누가 내려갈래?"

"아니, 난 안 할래. 네가 해!"

"나도 안 해!"

"빌더러 하라고 해."

"저기, 빌! 주인님이 너보고 내려가래!"

대화를 듣고 있던 앨리스가 혼잣말로 중얼거렸다.

"아, 그러니까 빌이 굴뚝을 타고 내려온다는 거지? 다들 빌한테 시키려고 하는군! 난 절대로 빌처럼 되진 말아야지. 이 벽난로는 정말 좁구나. 그래도 발로 좀 차볼 수는 있겠지!"

앨리스는 발을 굴뚝 속으로 한껏 밀어 넣었다. 잠시 뒤 작은 동물(어떤 동물인지 짐작할 수 없었다)이 굴뚝 벽을 긁으면서 내려오는 소리가 들려왔다. 그러자 앨리스가 말했다.

"빌이다."

앨리스는 발길질을 크게 한 방 날리고선 무슨 일이 벌어지는지 기다렸다. 앨리스가 처음 들은 소리는 여럿이 한데 입을 모아 외치는 소리였다.

"저기 빌이 날아간다!"

그다음엔 토끼의 목소리도 들렸다.

"울타리 옆에 있는 너희가 빌을 받아야지!"

잠시 잠잠하더니 다시 웅성대는 소리가 들렸다.

"머리를 받쳐줘. 브랜디를 갖고 와, 지금 당장!"

"숨 막히지 않게 조심해."

"이보게, 대체 어떻게 된 거야? 무슨 일이 있었던 건가? 자세히 이야기 좀 해봐!"

마지막으로 끽끽대는 소리가 나지막하게 들려왔다. (앨리스는 '빌이겠구나' 하고 생각했다.)

"글쎄, 나도 잘 모르겠어요. 이젠 됐어요. 고마워요, 훨씬 좋아졌어요. 너무 떨려 말도 잘 안 나오네요. 뚜껑을 열면 인형이 튀어나오는 상자처럼 뭔가 불쑥 날아오더니 내가 로켓처럼 하늘로 날았다는 것밖에 기억 안 나요!"

다른 이들도 한목소리로 말했다.

"정말 그랬다니까, 이 친구야!"

토끼가 말했다.

"집을 태워야겠어!"

이 말에 앨리스는 있는 힘껏 소리를 꽥 질렀다.

"태우기만 해봐. 다이너를 보내 혼쭐을 내줄 테니까!"

그 순간 쥐 죽은 듯 주위가 조용해졌다.

앨리스는 생각했다.

'다음엔 또 무슨 짓을 꾸밀까? 쟤들이 생각이 있으면 지붕을 걷어낼 텐데.'

잠시 뒤 그들이 움직이는 소리가 나더니 토끼의 목소리가 들렸다.

"우선 손수레 한 대면 될 거야."

앨리스는 생각했다.

'웬 손수레?'

앨리스가 곰곰이 생각할 겨를도 없이 곧바로 작은 조약돌이 창문으로 와르르 쏟아져 들어왔다. 그중 몇 개는 앨리스의 얼굴에 떨어졌다.

"너희를 가만두지 않겠어."

앨리스는 이렇게 중얼대더니 냅다 소리를 질렀다.

"당장 그만두는 게 좋을 거야!"

그 순간 찬물을 끼얹은 듯 주위가 조용해졌다.

앨리스는 바닥에 떨어진 조약돌을 보고 깜짝 놀랐다. 어느새 조약돌이 모두 작은 케이크로 변해 있었기 때문이다. 바로 그때 앨리스에게 반짝하고 좋은 생각이 떠올랐다.

'이 케이크를 한 조각 먹으면 분명히 내 키가 변할 거야. 더는 커질 수도 없으니 작아질 게 틀림없어.'

앨리스는 케이크를 한 조각 입에 넣고는 꿀꺽 삼켰다. 그러자 기쁘게도 당장 키가 작아지기 시작했다. 문을 빠져나갈 만큼 작아지자 앨리스는 곧바로 집 밖으로 뛰어나왔다. 밖에는 작은 동물과 새들이 한데 모여 있었다. 그 가운데 가엾은 꼬마 도마뱀 빌이 기니피그 두 마리의 부축을 받으며 병에 든 걸 받아 마시고 있었다. 그들은 앨리스가 나타나자마자 모두 한꺼번에 달려들었다. 앨리스는 있는 힘껏 도망쳤고, 울창한 숲에 이르러서야 한숨을 돌렸다.

앨리스는 숲속을 거닐면서 혼잣말로 중얼거렸다.

"가장 먼저 할 일은 원래의 내 키를 되찾는 거야. 그런 다음 아름다운 정원으로 가는 길을 찾아야지. 그게 가장 좋은 계획이야."

그건 두말할 것도 없이 멋진 계획이었으며 간단하면서도

깔끔한 방법이었다. 단지 문제가 하나 있다면 어떻게 시작해야 할지 전혀 모른다는 것이었다. 걱정에 잠긴 앨리스가 나무 사이를 두리번거리고 있는데, 머리 위에서 작지만 날카롭게 짖어대는 소리가 났다. 앨리스는 얼른 고개를 들었다. 그러자 덩치가 집채만 한 강아지 한 마리가 둥그런 큰 눈으로 앨리스를 내려다보고 있었다. 강아지는 앞발을 슬쩍 내밀어 앨리스를 건들려고 했다.

"아휴, 가엾어라!"

앨리스는 달래듯 말하면서 휘파람을 불어주려고 했다. 그러나 문득 강아지가 배고플지도 모른다는 생각에 겁이 덜컥 났다. 그러면 아무리 구슬린다 해도 한입에 자신을 꿀꺽할지도 모를 일이었다.

앨리스는 자기도 모르게 작은 나뭇가지 하나를 집어 들고 선 강아지에게 내밀었다. 강아지는 컹컹거리며 좋아서 펄쩍 뛰어오르더니 물어뜯을 것처럼 나뭇가지에 달려들었다. 앨리스는 강아지에게 깔리지 않으려고 커다란 엉겅퀴 뒤로 잽싸게 몸을 피했다. 앨리스가 이번엔 다른 쪽에서 모습을 드러냈다. 그러자 강아지가 또다시 나뭇가지에 달려들었고, 급하게 나뭇가지를 붙잡으려다가 떼굴떼굴 굴렀다. 앨리스는 지금이 꼭 수레 끄는 말과 장난치는 것 같다고 생각하면서 강아지 발에 밟힐 것 같으면 얼른 엉겅퀴 뒤로 와서 숨었다. 그러면 강아지는 나뭇가지를 향해 조금 앞으로 달려 나왔다가 뒤로 멀찌감치 물러서기를 반복하면서 목이 쉬도록 짖어댔다. 그러다 마침내 커다란 눈을 반쯤 감은 채 혀를 쑥 내밀고 숨을 헐떡이며 저만치에서 털썩 주저앉았다.

이때다 싶어 앨리스는 냅다 뛰기 시작했다. 지쳐서 숨이 턱에 차오를 때까지 뛰고 또 뛰었다. 그러다 강아지 짖는 소리가 희미해질 즈음에야 걸음을 멈추었다. 앨리스는 미나리아재비에 기대어 서서 그 잎사귀로 부채질을 하며 중얼거렸다.

"정말 귀여운 강아지였어. 재주를 가르쳤으면 좋았을 텐데. 내 키만 원래대로였다면 그랬을 텐데! 아차! 도로 커져야 한다는 걸 깜빡 잊고 있었네! 가만 보자. 어떻게 해야 하지? 뭘 먹거나 마셔야 할 것 같은데. 근데 뭘 먹어야 하지?"

가장 큰 문제는 분명히 '무얼' 먹어야 한다는 것이었다. 앨리스는 주변에 있는 꽃과 풀잎들을 쭉 훑어보았다. 하지만 이런 상황에서 먹거나 마실 만한 것은 없는 듯했다. 근처에 앨리스 키만 한 커다란 버섯이 자라고 있는 게 눈에 띄긴 했다. 앨리스는 버섯 다리와 양 허리, 뒷면을 살펴보다가 문득 버섯 머리 위에는 뭐가 있을지 궁금해졌다. 그래서 까치발을 하고선 버섯 머리 위를 올려다보았다. 그 순간 커다란 파란색 애벌레와 눈이 딱 마주쳤다. 팔짱을 낀 채 버섯 꼭대기에 앉아 있던 애벌레는 앨리스건 뭐건 간에 안중에도 없다는 표정으로 기다란 물담배만 뻐끔뻐끔 피워댔다.

5장

애벌레의 충고

둘은 입을 꾹 다문 채 한동안 말없이 서로 바라보았다. 마침내 애벌레가 입에서 담뱃대를 빼고는 나른하고 졸린 목소리로 말을 건넸다.

"넌 누구냐?"

대화의 물꼬를 트기에 그다지 좋은 말은 아니었다.

앨리스는 조금 수줍게 대답했다.

"나, 나도 잘 모르겠어요, 지금은요……. 오늘 아침에 일어났을 때만 해도 알았는데요. 그 뒤로는 여러 번 바뀐 것 같아요."

애벌레가 엄한 말투로 말했다.

"대체 그게 무슨 소리야? 알아듣게 말해봐!"

앨리스가 대답했다.

"설명을 잘 못 하겠어요. 난 지금 내가 아니거든요."

애벌레가 말했다.

"난 도통 무슨 소린지 모르겠다."

앨리스는 아주 예의 바르게 대답했다.

"더 자세하게 설명하지 못해 죄송해요. 우선 나부터도 나 자신이 이해가 안 되니까요. 하루에 몇 번씩 키가 커졌다 작아졌다 해서 정신이 하나도 없어요."

애벌레가 대꾸했다.

"그렇지 않아."

"아직 잘 모르겠지만 아저씨도 언젠가 번데기로 변할 거고, 그다음엔 나비로 변할 거예요. 그럼 조금 헷갈리지 않으실까요?"

애벌레가 대답했다.

"아니, 전혀."

"음, 기분이 좀 다르실 거예요. 난 아주 이상했거든요."

애벌레가 무시하는 투로 말했다.

"너 말이야. 대체 넌 누구냐고?"

결국 대화는 다시 처음으로 돌아갔다. 앨리스는 짧게 툭툭 끊는 애벌레의 말투 때문에 약간 짜증이 났다. 그래서 몸을 꼿꼿이 세우고 아주 진지하게 말했다.

"먼저 아저씨가 누군지 말해주셔야 한다고 생각하는데요."

애벌레가 물었다.

"왜 그래야 하지?"

이건 또 대답하기 어려운 질문이었다. 그럴듯한 이유도 생각나지 않고, 애벌레의 기분도 상한 듯 보여 앨리스는 그대로 돌아섰다.

그때 애벌레가 앨리스를 불러 세웠다.

"돌아와! 너한테 꼭 해줄 말이 있어."

이 말에 앨리스의 귀가 솔깃해졌다. 앨리스는 몸을 돌려 애벌레에게 돌아갔다.

애벌레가 말했다.

"화를 참아."

앨리스는 화가 목구멍까지 차오르는 걸 참으며 말했다.

"고작 그게 다예요?"

애벌레가 대답했다.

"아니."

앨리스는 딱히 할 일도 없고, 또 애벌레가 도움이 될 만한 이야기를 해줄지도 몰라서 일단 기다려보기로 했다. 말없이 물담배만 피워대던 애벌레가 마침내 팔짱을 풀고 담뱃대를 입에서 빼내더니 이렇게 말했다.

"그러니까 넌 네가 변했다고 생각하는구나. 그렇지?"

앨리스가 대답했다.

"네, 그런 것 같아요. 예전만큼 기억도 잘 안 나고요. 십 분도 안 돼서 키가 막 변하거든요."

애벌레가 물었다.

"뭐가 기억이 잘 안 나는데?"

앨리스는 침울한 목소리로 대답했다.

"음, 「부지런한 작은 꿀벌」을 외우려고 했는데 죄다 틀렸지 뭐예요!"

애벌레가 말했다.

"그럼 「아버지 윌리엄」을 외워봐."

앨리스는 두 손을 모으고 외기 시작했다.

젊은이가 말했네.
"아버진 늙으셨어요.
머리도 백발이고요.
그런데도 계속 물구나무를 서시다니
그 연세에 괜찮을까요?"

아버지가 대답했네.
"내가 젊었을 땐 말이다.
물구나무를 서면 머리를 다칠까 봐 겁이 났단다.

하지만 지금은 아무 탈이 없다 보니
자꾸만 하게 돼."

젊은이는 말했네.
"말씀드렸듯이 아버진 늙으셨어요.
게다가 살은 또 얼마나 포동포동 찌셨는데요.
그런데도 공중제비를 돌면서 문으로 들어오시다니요.
대체 왜 그러시는 거예요?"

노인은 회색빛 머리카락을 흔들며 말했네.

"내가 젊었을 땐 말이다.

팔다리가 아주 유연했단다.

한 통에 1실링 하는 이 연고로 말이지.

너도 한두 통 살래?"

젊은이가 말했네.

"아버진 늙으셨어요.

턱이 약해서 비계 말고는 못 드시잖아요.

그런데도 거위 뼈와 부리까지 잡수시다니요.

어떻게 그러셨어요?"

아버지가 말했네.

"내가 젊었을 땐 말이다.

법에 빠져 사사건건 네 엄마와 말싸움을 했단다.

그 덕분에 턱 근육이 강해져

지금까지 유지해온 거지."

젊은이가 말했네.

"아버진 늙으셨어요.

아무도 아버지 눈이 좋다고 생각하지 않을 거예요.

그런데도 콧등에 뱀장어를 세우시다니요.

어쩜 그리 재주가 좋으시죠?"

아버지가 말했네.

"난 벌써 세 가지 질문에 답했으니 그 정도면 됐다.

까불지 마라!

내가 온종일 그딴 이야기 나부랭이나 듣고 있을 것 같으냐?
당장 꺼져라.
안 그러면 아래층으로 걷어차 버릴 테다!"

애벌레가 말했다.

"틀렸는데."

앨리스가 수줍게 말했다.

"좀 틀렸을 거예요. 단어 몇 개가 틀렸어요."

애벌레는 단호하게 말했다.

"처음부터 끝까지 다 틀렸어."

잠시 침묵이 흘렀다.

애벌레가 먼저 입을 열었다.

"키가 어느 정도 되고 싶은데?"

앨리스가 냉큼 대답했다.

"크기는 중요하지 않아요. 단지 너무 자주 변하는 게 싫어요. 아시겠어요?"

애벌레가 말했다.

"난 몰라."

앨리스는 아무 말도 하지 않았다. 여태껏 이렇게 반박을 당한 적은 처음이었다. 앨리스는 화가 치밀어 오르기 시작했다.

애벌레가 다시 물었다.

"지금 키는 만족하니?"

"글쎄요, 아저씨만 괜찮다면 조금만 더 크면 좋겠어요. 8센티미터는 너무 볼품없잖아요."

애벌레는 화가 난 듯 몸을 곧추세웠다. (애벌레의 키는 정확히 8센티미터였다.)

"딱 좋은 키구먼, 뭘 그래!"

가엾은 앨리스가 애처롭게 말했다.

"하지만 난 익숙하지가 않다고요!"

앨리스는 생각했다.

'여기 동물들이 이렇게 쉽게 삐치지 좀 말았으면 좋겠어.'

애벌레가 말했다.

"네 키에 곧 익숙해질 거야."

애벌레는 다시 물담배를 입에 물고는 뻐끔뻐끔 피우기 시작했다.

앨리스가 이번에는 애벌레가 입을 열 때까지 참을성 있게 기다렸다. 잠시 뒤 애벌레는 입에서 담뱃대를 빼내고 하품을 한두 번 하더니 몸을 흔들었다. 그러고는 버섯 위에서 폴짝 뛰어내려 와 풀밭 속으로 엉금엉금 기어가면서 이렇게 말했다.

"한쪽은 너를 크게 해주고 다른 쪽은 너를 작게 해줄 거야."

앨리스는 생각했다.

'무슨 한쪽? 무슨 다른 쪽?'

앨리스가 소리 내어 직접 물어보기라도 한 듯 애벌레가 대답했다.

"버섯 말이야."

그러더니 애벌레는 어디론가 사라지고 말았다.

앨리스는 잠시 버섯을 찬찬히 살피며 어디가 버섯의 양쪽인지 찾아보려고 했다. 버섯은 완전히 둥글어서 해답을 알아내기가 무척 어려웠다. 마침내 앨리스는 양팔을 있는 힘껏 쭉 뻗어 양손에 잡히는 가장자리 부분을 조금씩 떼어 냈다.

"어떤 게 어느 쪽이지?"

앨리스는 효력이 있는지 보려고 시험 삼아 오른손에 든 버섯을 조금 뜯어먹었다. 다음 순간 무언가가 앨리스의 턱 밑을 세게 쳤다. 턱이 발에 부딪힌 것이다!

앨리스는 눈 깜짝할 사이에 일어난 변화에 덜컥 겁이 났다. 하지만 키가 워낙 빠르게 줄어들고 있어 꾸물거릴 시간이 없었다. 앨리스는 곧바로 왼손에 든 버섯도 조금 먹어보려고 했다. 그런데 턱이 발에 딱 붙어서 눌리는 바람에 입조차 벌리기 어려웠다. 가까스로 입을 벌린 앨리스는 왼손에 든 버섯 한 조각을 겨우 삼켰다.

* * * *

* * *

* * * *

앨리스는 신이 나서 말했다.

"와, 이젠 머리를 자유롭게 움직일 수 있어!"

하지만 기쁨은 곧 경악으로 바뀌었다. 어깨가 어디에도 보이지 않았다. 아래를 내려다보니 거대하게 늘어난 목만 있었다. 앨리스의 목은 저 아래 바다처럼 펼쳐진 초록색 나뭇잎들 사이로 솟아오른 나무줄기 같았다.

"저 초록색 것들은 정체가 뭐야? 그리고 내 어깨는 어디로 간 거야? 아, 내 불쌍한 손들, 어째서 너희가 보이지 않는 거지?"

앨리스는 혼잣말을 하면서 손을 움직여보았지만 손은 보이지 않았다. 저 아래 초록색 나뭇잎들만 조금 흔들릴 뿐이었다.

앨리스는 아무래도 손을 머리까지 올리지 못할 것 같아서 이번에는 머리를 손 쪽으로 숙여보았다. 그러자 목이 뱀처럼 어느 방향이든 쉽게 구부러졌다. 앨리스는 기뻐하며 목을 우아하게 구불구불 아래로 내리는 데 성공했고, 마침내 나뭇잎들 사이로 머리를 집어넣었다. 그리고 다음 순간 이 나뭇잎들이 아까 자신이 헤매고 돌아다니던 숲속 나무들의 꼭대기란 걸 깨달았다. 바로 그때였다. 어디선가 쉬익 하는 소리가 들려와 앨리스는 황급히 물러섰다. 곧이어 커다란 비둘기 한 마리가 앨리스의 얼굴로 날아와서는 날개로 사정없이 후려쳤다.

비둘기가 큰 소리로 외쳤다.

"뱀이다!"

앨리스는 화가 나서 소리쳤다.

"난 뱀이 아니야. 나 좀 그냥 내버려둬!"

비둘기는 조금 누그러진 어조로 같은 말을 반복했다.

"뱀이다, 뱀!"

그러더니 울먹이며 말을 덧붙였다.

"이것저것 다해봤는데도 적당한 곳이 없어!"

앨리스가 말했다.

"무슨 소린지 하나도 모르겠어."

비둘기는 앨리스의 말은 아랑곳 않고 말을 이어나갔다.

"나무뿌리에도 해봤고, 강둑이랑 울타리에도 해봤다고. 저놈의 뱀 새끼들! 저놈들을 당해낼 수가 없다니까!"

앨리스는 점점 더 아리송해졌지만 비둘기가 말을 끝마칠 때까지는 무슨 이야기를 해도 소용없다고 생각했다.

비둘기가 말했다.

"알 품기도 예삿일이 아닌데, 밤이고 낮이고 뱀까지 감시

해야 하다니! 지난 삼 주간 잠깐도 눈을 못 붙여봤어!"

그때야 앨리스는 비둘기의 말을 이해하기 시작했다.

"그렇게 힘들었다니 정말 안됐다."

비둘기는 목소리를 더욱 높여 날카로운 소리를 냈다.

"숲에서 가장 높은 나무에 둥지를 틀어 이제야 마음을 놓겠구나 하는 순간 하늘에서 꿈틀대며 내려올 줄이야! 에잇, 뱀 새끼들!"

앨리스가 말했다.

"하지만 난 뱀이 아니야! 난 말이지…… 나는……."

비둘기가 말했다.

"그럼 넌 뭔데? 무슨 꿍꿍이가 또 있는 것 같은데!"

앨리스는 그날 겪은 여러 번의 변화를 떠올리며 자신 없이 대답했다.

"난…… 그냥 여자애일 뿐이야."

비둘기가 경멸하는 말투로 몰아붙였다.

"그럴듯한 말인데! 내 평생 그토록 많은 여자애를 봐왔지만 너처럼 목이 긴 애는 처음 봤어! 아냐, 아냐! 넌 뱀이야. 우겨도 소용없어. 이번엔 알도 맛본 적 없다고 말하려고 했지?"

아주 솔직한 성격의 앨리스가 대답했다.

"물론 알은 먹어봤어. 하지만 여자애들도 뱀만큼 알을 많이 먹잖아."

비둘기가 말했다.

"난 네 말 못 믿어. 만약 알을 먹는다면 걔들도 뱀이나 마찬가지야. 내 생각은 그래."

뚱딴지같은 비둘기의 말에 앨리스는 잠깐 말문이 막혔다. 그러는 사이 비둘기가 말을 이었다.

"넌 알을 찾고 있어. 딱 보면 알아. 그러니 네가 여자애든 뱀이든 그건 나한텐 중요하지 않아!"

앨리스가 얼른 대답했다.

"나한텐 아주 중요한 일이야. 네 눈엔 그래 보여도 난 알을 찾고 있는 게 아냐. 그리고 설령 그렇다 해도 네 알은 싫어. 난 날것은 딱 질색이거든."

"그렇담 내 눈앞에서 썩 꺼져!"

비둘기는 퉁명스럽게 말하면서 다시 둥지로 날아갔다.

앨리스는 나무 아래로 몸을 잔뜩 웅크려보았지만 나뭇가지에 목이 자꾸 얽히고설키는 바람에 매번 목을 풀어주어야 했다. 잠시 뒤 앨리스는 아직도 손에 버섯을 들고 있다는 걸 떠올렸다. 그래서 조심스럽게 오른쪽 한 번, 왼쪽 한 번씩 번갈아 베어먹었고, 작아졌다 커졌다를 반복하다가 마침내 원래 키로 돌아왔다.

앨리스는 정말 오랜만에 원래 키로 돌아오자 처음엔 기분이 이상했다. 하지만 몇 분쯤 지나자 익숙해져서 평소처럼 혼잣말을 중얼거리기 시작했다.

“자, 내가 세운 계획의 반을 해냈어! 키가 자꾸 왔다 갔다 하니 정신이 하나도 없네! 순간순간 어떻게 변할지 알 수가 없잖아! 이제 원래 키로 돌아왔으니 그 아름다운 정원으로 들어가야지. 근데 어떻게 들어가지?”

앨리스가 이 말을 마치자마자 갑자기 툭 트인 들판이 펼쳐졌다. 그곳에는 높이가 1미터 정도인 아담한 집이 한 채 서 있었다.

‘저기에 누가 살든 지금 내 키로는 만날 수 없어. 다들 놀라서 기절초풍할 테니까!’

앨리스는 오른손에 든 버섯을 조금 뜯어먹어 키를 20센티미터 정도로 줄이고 나서야 집 쪽으로 걸음을 옮겼다.

6장

돼지와 후추

앨리스는 잠시 그 집을 바라보며 이젠 뭘 해야 하나 고민했다. 그때 제복을 입은 하인이 숲속에서 갑자기 뛰어나오더니 주먹으로 문을 쾅쾅 두드렸다. (앨리스는 그가 제복을 입고 있어서 하인이라고 생각했다. 얼굴을 보았더라면 물고기라고 불렀을 것이다.) 다음 순간 제복을 입은 또 다른 하인이 문을 열었는데, 둥근 얼굴에 눈은 개구리처럼 큼지막했다. 둘 다 곱슬머리인 데다 머리에 분가루를 뿌렸다. 대체 무슨 일일까 궁금해진 앨리스는 그들의 대화를 엿들으려고 숲 밖으로 살금살금 빠져나왔다. 물고기 하인은 자기 몸만큼이나 커다란 편지를 옆구리에 끼고 있다가 개구리 하인에게 건네주며 근엄한 목소리로 말했다.

"공작 부인께. 여왕 폐하께서 보내신 크로케 경기 초대장 입니다."

개구리 하인도 말 순서만 바꿔 근엄한 목소리로 따라 했다.

"여왕 폐하께서 공작 부인께 보내신 크로케 경기 초대장 입니다."

그런 다음 둘은 허리를 굽혀 인사하다가 그만 곱슬머리가 서로 엉켜버렸다.

이 장면을 보고 깔깔대던 앨리스는 그들에게 들킬까 봐 숲속으로 허둥지둥 달아났다. 잠시 뒤 그쪽을 다시 바라보니 물고기 하인은 사라지고, 개구리 하인만 문 옆 땅바닥에 앉아 멍하니 하늘을 올려다보고 있었다. 앨리스는 쭈뼛거리면서 다가가 문을 두드렸다.

개구리 하인이 말했다.

"두드려봤자 소용없어. 이유는 두 가지야. 첫째는 내가 너처럼 문 밖에 있기 때문이고, 둘째는 안이 너무 시끄러워 네 노크 소리를 못 듣기 때문이지."

정말 그랬다. 안에서는 귀가 떠나갈 정도로 시끄러운 소리가 새어나오고 있었다. 울부짖는 소리, 재채기하는 소리, 이따금 접시와 주전자가 와장창 박살이 나는 소리 같은 게 들려왔다.

앨리스가 물었다.

"그럼 어떻게 해야 안으로 들어갈 수 있어?"

개구리 하인은 앨리스의 질문을 무시한 채 말을 이었다.

"우리 둘 사이에 문이 있다면 노크를 해도 소용이 있었겠지. 예를 들어 네가 안에서 노크를 하면 내가 너를 내보내 줄 수 있겠지."

개구리 하인은 이렇게 말하는 내내 하늘만 쳐다보았다. 앨리스는 정말 무례하다는 생각이 들었다.

앨리스는 혼잣말로 중얼거렸다.

"어쩌면 자기도 어쩔 수 없는지 몰라. 눈이 저렇게 머리 꼭대기에 바짝 붙어 있으니까. 어쨌든 대답은 해줄 수 있겠지."

그래서 앨리스는 큰 목소리로 다시 물었다.

"안으로 들어갈 수 있는 방법이 없을까?"

개구리 하인이 말했다.

"난 내일까지 여기 앉아 있을 거야……."

바로 그 순간 문이 덜컹 열리면서 커다란 접시 하나가 곧장 개구리 하인의 머리 쪽으로 날아왔다. 접시는 개구리 하인의 콧등을 살짝 스치고 지나가더니 그 뒤에 있는 나무에 부딪혀 산산조각이 났다. 개구리 하인은 아무 일도 없었다는 듯이 아까와 똑같은 어조로 말을 이었다.

"……어쩌면 모레까지."

앨리스는 아까보다 좀 더 큰 소리로 다시 물었다.

"어떻게 해야 안으로 들어갈 수 있어?"

개구리 하인이 말했다.

"정말 들어가고는 싶은 거야? 우선 그것부터 생각해봐."

하긴 맞는 말이었다. 다만 앨리스는 그런 말을 듣는 게 싫었을 뿐이다.

앨리스는 혼잣말로 중얼거렸다.

"정말 끔찍해. 여기 동물들은 하나같이 따지고 들잖아. 아주 미쳐버리겠다니까!"

개구리 하인은 이 틈을 타서 아까 한 말을 약간 바꿔 되풀이할 작정인 듯했다.

"난 쉬는 날이건 아니건 며칠이고 여기 앉아 있을 거야."

앨리스가 물었다.

"그럼 난 어떡해?"

"그거야 네 마음이지."

개구리 하인은 이렇게 대답하고 휘파람을 불기 시작했다.

앨리스는 어이가 없다는 듯 말했다.

"아, 말해봐야 아무 소용없겠어. 완전 바보 같아!"

그러고는 문을 열고 집 안으로 들어갔다.

문은 커다란 부엌과 바로 이어져 있었다. 부엌 안은 연기로 자욱했다. 공작 부인은 부엌 한복판에 놓인 세 발 의자에 앉아 아기를 달래고 있었다. 요리사는 화덕 위로 몸을 숙인

채 수프가 가득 담긴 큰 솥을 휘젓고 있었다.

앨리스는 재채기를 하면서 중얼거렸다.

"수프에 후추를 너무 많이 친 게 분명해!"

방 안 공기에도 후추가 퍼져 있었다. 공작 부인도 이따금 재채기를 했고, 아기는 잠시도 쉬지 않고 재채기를 하거나 울어댔다. 재채기를 하지 않는 건 요리사와 난롯가에 앉아 입이 귀에 걸릴 정도로 웃고 있는 커다란 고양이 한 마리뿐이었다.

앨리스는 먼저 말을 거는 게 실례가 아닌지 몰라 약간 주저하며 말했다.

"저 고양이가 왜 저렇게 웃는지 여쭤봐도 될까요?"

공작 부인이 대답했다.

"체셔 고양이(항상 웃는 사람을 뜻하기도 한다 – 옮긴이)라서 그래. 이 돼지야!"

공작 부인이 갑자기 돼지라는 단어를 사납게 내뱉는 바람에 앨리스는 화들짝 놀랐다. 하지만 다음 순간 그 말이 앨리스 자신이 아닌 아기한테 한 말임을 알고는 용기 내어 다시 말을 걸었다.

"체셔 고양이가 항상 저렇게 웃는 줄은 몰랐어요. 사실 고양이가 웃을 수 있다는 것도 몰랐어요."

공작 부인이 말했다.

"고양이는 웃을 줄 알아. 대부분 웃지."

앨리스는 드디어 대화를 시작하게 됐다는 사실에 기뻐하며 아주 공손하게 말했다.

"전 그런 줄 몰랐어요."

"넌 모르는 게 많구나. 진짜로 그래."

앨리스는 공작 부인의 말투가 영 못마땅했기에 화제를 바꿔야겠다고 생각했다. 앨리스가 무슨 이야길 꺼낼까 궁리하는 사이에 요리사는 화덕 위에서 큰 솥을 내려놓았다. 그러더니 손에 잡히는 대로 이것저것을 공작 부인과 아기에게 던지기 시작했다. 처음엔 부지깽이가 날아왔고 다음엔 자루 달린 냄비와 접시, 그릇이 마구 날아왔다. 공작 부인은 맞으면서도 눈 하나 깜짝하지 않았다. 그리고 아기는 아까부터 울고 있었던 터라 맞아서 우는 건지, 그냥 우는 건지 알 수가 없었다.

새파랗게 질린 앨리스가 펄쩍 뛰면서 소리쳤다.

"이게 무슨 짓이에요! 앗, 예쁜 아기 코가 위험해요!"

엄청나게 큰 냄비가 아기 코 쪽으로 날아오더니 아슬아슬하게 비껴갔다.

공작 부인이 쉰 목소리로 투덜거렸다.

"모두 자기 일에만 신경을 쓴다면 세상이 지금보다 훨씬 더 빠르게 돌아갈 텐데."

앨리스는 자신이 아는 지식을 조금이나마 뽐낼 기회가 생긴 것 같아 매우 기뻤다.

"그래도 좋을 건 없을걸요. 낮과 밤이 어떻게 될지 생각해 보세요! 지구는 축을 중심으로 한 바퀴 도는 데 이십사 시간이 걸려야……."

공작 부인이 말했다.

"도끼 이야기가 나왔으니 말인데 당장 저 애의 목을 쳐라!" (영어에서 축axis과 도끼들axes은 발음이 비슷하다 – 옮긴이)

앨리스는 요리사가 이 말을 알아들었나 싶어 걱정스러운 표정으로 요리사를 흘낏 쳐다보았다. 그러나 요리사는 수프를 휘젓는 데만 정신이 팔려 귀담아듣지 않은 듯 보였다.

앨리스는 다시 말을 이었다.

"이십사 시간이 맞을 거예요. 아니 열두 시간이었나? 전……."

공작 부인이 말했다.

"아, 귀찮게 하지 마! 난 숫자라면 딱 질색이야!"

공작 부인은 다시 아기를 달래기 시작했다. 그러더니 자장가 비슷한 노래를 불러주면서 한 소절이 끝날 때마다 아기를 마구 흔들어댔다.

사내아이한텐 엄하게 말해라.
재채기를 하면 두들겨 패라.

아이는 단지 어른들을 화내게
하려고 그렇게 하지.
그게 곯려주는 건 줄 아니까.

합창
(요리사와 아기가 함께)
와! 와! 와!

공작 부인은 2절을 부르면서 아기를 난폭하게 위아래로 흔들어댔다. 가엾은 아기가 숨이 끊어질 듯 울어대자 앨리스는 가사도 알아듣지 못할 지경이었다.

나는 우리 아들한테 엄하게 말하고
재채기를 하면 두들겨 팬다네.
왜냐하면 그 아인 마음만 먹으면
후추를 잘 먹을 수 있으니까!

합창
와! 와! 와!

그러고서 공작 부인은 앨리스에게 아기를 휙 던지며 말했다.

"옜다! 난 여왕 폐하와 크로케 경기를 할 준비를 시작해야겠다."

그러더니 공작 부인은 서둘러 부엌을 빠져나갔다. 요리사가 공작 부인 뒤로 프라이팬을 던졌지만 아슬아슬하게 비껴갔다.

앨리스는 아기를 붙잡고 있는 게 조금 불편했다. 아기가 요상하게 생긴 데다 팔다리가 사방으로 뻗어 있었기 때문이다.

앨리스는 생각했다.

'얜 꼭 불가사리 같아.'

앨리스가 아기를 받아들었을 때 가엾은 아기는 증기기관차처럼 코를 킁킁거리며 몸을 접었다 폈다를 반복했다. 그 바람에 처음 몇 분 동안은 아기를 안고 있느라 진땀을 뺐다.

마침내 앨리스는 아기를 제대로 안는 법(아기 몸을 비틀어 매듭처럼 묶은 뒤 오른쪽 귀와 왼쪽 발을 꽉 붙잡아 몸을 풀지 못하게 한다)을 터득한 뒤에 아기를 데리고 밖으로 나왔다.

앨리스는 이런 생각이 들었다.

'내가 아기를 안 데리고 가면 하루이틀 안에 여기 사람들 손에 죽을 게 뻔해.'

그러다가 큰 소리로 말했다.

"그러니 내버려두고 나오는 건 살인이나 다름없잖아?"

아기는 대답이라도 하듯 꿀꿀거렸다. (이때쯤 되자 재채기는 멈춘 상태였다.)

앨리스가 말했다.

"꿀꿀대지 마. 그 소린 너한테 어울리지 않아."

아기는 다시 꿀꿀거렸고, 앨리스는 무슨 문제가 있나 싶어 몹시 걱정스러운 눈길로 아기를 바라보았다. 아기의 코는 위로 많이 들려 올라간 들창코라 사람 코라기보다는 무슨 동물의 주둥이 같았다. 게다가 눈도 아기치고는 너무 작았다. 앨리스는 아기의 생김새가 영 마음에 들지 않았다.

앨리스는 생각했다.

'어쩌면 너무 울어서 그런지도 몰라.'

그러고는 눈물이 고여 있나 보려고 아기 눈을 다시 살펴보았다. 하지만 눈물은 없었다.

앨리스가 진지하게 말했다.

"아가야, 네가 만약 돼지로 변한다면 나도 더는 어떻게 해줄 수가 없어. 알겠니?"

가엾은 아기는 다시 훌쩍이기 시작했고(아니, 꿀꿀거렸을지도. 어느 쪽인지 말하기가 어렵다) 앨리스는 아기를 안고 말없이 한참을 걸었다.

앨리스는 다시 생각하기 시작했다.

'얘를 집으로 데려간 뒤에는 어떡하지?'

그 순간 아기가 다시 심하게 꿀꿀거렸고, 그 바람에 놀란 앨리스는 아기 얼굴을 내려다보았다. 맙소사! 이번엔 틀림없었다. 영락없는 돼지 얼굴이었다. 앨리스는 돼지를 안고 간다는 건 우스운 일이라고 여겨 아기를 바닥에 내려놓았다. 아기가 종종걸음으로 숲속으로 들어가는 모습을 보자 마음이 홀가분해졌다.

앨리스는 혼잣말로 중얼거렸다.

"쟤가 사람이라면 헉 소리 나게 못생긴 아이로 자랄 거야. 하지만 돼지치고는 잘생긴 편이야."

앨리스는 친구들 가운데 돼지에 잘 어울릴 만한 아이들을 떠올리기 시작했다.

"그 애들을 돼지로 바꿀 방법을 안다면……."

바로 그때였다. 앨리스는 조금 떨어진 나뭇가지 위에 체셔 고양이가 앉아 있는 걸 보고 깜짝 놀랐다.

고양이는 앨리스를 내려다보고 씩 웃었다. 고양이가 순해 보이긴 했지만 긴 발톱에다 수없이 나 있는 이빨을 보자 함부로 대해선 안 되겠다는 생각이 들었다.

앨리스는 고양이가 이 이름을 좋아할지 몰라 약간 주저하듯 말을 걸었다.

"체셔 야옹아!"

하지만 고양이는 앨리스를 바라보며 그저 입을 더 크게 벌

리고 웃을 뿐이었다.

'좋아. 아직까진 기분이 좋은가 보다.'

앨리스는 이렇게 생각하고는 말을 이었다.

"여기서 어느 길로 가야 하는지 좀 가르쳐줄래?"

고양이가 대답했다.

"그건 네가 어디로 가고 싶은가에 달렸지."

앨리스가 말했다.

"난 어디건 별로 상관없는데."

고양이가 말했다.

"그럼 아무 데로나 가도 되잖아."

앨리스는 설명을 덧붙였다.

"……어디건 도착하기만 한다면야."

고양이가 말했다.

"넌 어디건 도착하게 돼 있어. 오래 걷다 보면 말이야."

틀린 말이 아니라서 앨리스는 또 다른 질문을 던졌다.

"이 근처엔 어떤 사람들이 살고 있니?"

고양이는 오른발을 흔들면서 설명하기 시작했다.

"저쪽으로 가면 모자 장수가 살고……."

이번엔 왼발을 흔들며 말했다.

"그리고 저쪽으로 가면 3월 토끼가 살아. 아무 데나 가봐. 걔들은 다 미쳤으니까." (작가가 살았던 당시에는 모자를 만들 때 수은을 사용했는데, 모자 장수들이 수은중독으로 무도병이나 신경계통 질병에 걸리는 일이 많았다. 그리고 토끼는 발정기인 3월에 이상행동을 보인다는 속설이 있다 – 옮긴이)

앨리스가 말했다.

"난 미친 사람들 근처엔 가고 싶지 않은걸."

고양이가 말했다.

"그래도 어쩔 수 없어. 여기 있는 사람들은 다 미쳤으니까. 나도 미쳤고 너도 미쳤어."

앨리스가 물었다.

"내가 미쳤는지 네가 어떻게 아니?"

고양이가 대답했다.

"넌 미쳤어. 안 그랬으면 여기 올 리가 없지."

앨리스는 그 말이 옳다고는 생각하지 않았지만 질문을 이어나갔다.

"네가 미쳤다는 건 어떻게 알아?"

고양이가 대답했다.

"우선 개는 미치지 않았어. 그건 동의하지?"

"그런 것 같아."

고양이가 말을 이었다.

"자, 그럼 내 얘길 들어봐. 개는 화가 나면 으르렁거리고 기분이 좋으면 꼬리를 흔들잖아. 하지만 나는 기분이 좋으면 으르렁거리고 화가 나면 꼬리를 흔들어. 그러니까 내가 미친 거지."

앨리스가 말했다.

"그런 건 으르렁거리는 게 아니라 가르랑거린다고 하는 건데."

고양이가 말했다.

"네 마음대로 불러. 그런데 너도 오늘 여왕 폐하와 크로케 경기를 하니?"

앨리스가 대답했다.

"나도 정말 하고 싶은데 아직 초대받지 못했어."

"그럼 거기서 보자."

고양이는 이 말을 남긴 채 사라졌다.

앨리스는 별로 놀라지도 않았다. 그동안 별의별 일에 다 익숙해져서 그럴 것이다. 앨리스는 고양이가 있던 자리를 멍하니 쳐다보았다.

그런데 그사이에 갑자기 고양이가 다시 나타나더니 말했다.

"그건 그렇고 그 아기는 어떻게 됐니? 깜박 잊고 안 물어봤네."

앨리스는 고양이가 돌아온 게 당연하다는 듯이 무덤덤하게 대답했다.

"돼지로 변해버렸어."

"내 그럴 줄 알았어."

고양이는 이 말을 마치자 또다시 사라졌다.

앨리스는 고양이가 다시 돌아오지 않을까 하고 기대하며 잠시 기다렸다. 하지만 돌아오지 않자 3월 토끼가 산다는 곳으로 발걸음을 옮겼다.

앨리스는 혼잣말로 중얼거렸다.

"모자 장수라면 예전에 본 적이 있어. 3월 토끼 쪽이 훨씬

더 재미있을 거야. 지금은 5월이니까 완전히 미쳐 날뛰진 않을 거고. 적어도 3월만큼은 아니겠지."

앨리스가 이렇게 중얼거리면서 고개를 들어보니 고양이가 다시 나뭇가지 위에 앉아 있었다.

고양이가 물었다.

"너 아까 돼지라고 했니? 무화과라고 했니?" (영어에서 '돼지pig'와 '무화과fig'는 발음이 비슷하다 -옮긴이)

"돼지라고 했어. 그렇게 갑자기 나타났다 사라졌다 좀 하지 마. 정신이 하나도 없잖아!"

"알았어."

그리고 이번에는 꼬리 끝부터 시작해 씩 웃는 얼굴까지 아주 천천히 사라졌다. 입가의 웃음은 몸이 사라진 뒤에도 한참 동안 남아 있었다.

앨리스는 속으로 생각했다.

'어머나, 웃지 않는 고양이는 많이 봤지만 몸도 없이 웃음만 남는 고양이는 뭐람! 이건 내가 본 것 중 가장 신기한 일이야!'

얼마 가지 않아 3월 토끼가 산다는 집이 눈에 들어왔다. 그 집이 틀림없었다. 굴뚝이 토끼 귀 모양인 데다 지붕은 털로 덮여 있었다. 집이 너무 커서 다가가기 꺼려지자 앨리스는 왼손에 든 버섯을 조금 떼어먹고 키를 60센티미터 정도로 늘렸다. 그러고도 조심스럽게 발걸음을 옮기며 중얼거렸다.

"미쳐서 날뛰는 토끼면 어쩌지? 그냥 모자 장수나 보러 갈 걸 그랬나!"

7장

황당한 다과회

집 앞 나무 밑에는 다과상이 차려져 있고, 3월 토끼와 모자 장수가 함께 차를 마시고 있었다. 둘 사이에 겨울잠 쥐가 앉아 잠을 자고 있었는데, 둘은 마치 쿠션처럼 겨울잠 쥐의 몸에 팔꿈치를 올려놓고 겨울잠 쥐의 머리 너머로 이야기를 주거니 받거니 했다.

앨리스는 생각했다.

'겨울잠 쥐가 정말 불편하겠는걸. 하기야 잠들었으니 모를 수도 있겠네.'

식탁이 꽤 큰데도 셋은 모두 한쪽 구석에 몰려 앉아 있었다.

앨리스가 다가가자 3월 토끼와 모자 장수는 소리를 질렀다.

"자리 없어! 자리 없어!"

In this Style 10/6

앨리스는 발끈했다.

"여기 자리 많잖아!"

그러고는 식탁 한쪽 끝에 있는 큰 팔걸이의자에 앉았다.

3월 토끼가 달래듯이 말했다.

"포도주 좀 마실래?"

앨리스는 식탁을 쭉 훑어보았지만 달랑 차뿐이었다.

앨리스가 말했다.

"포도주는 안 보이는데."

3월 토끼가 말했다.

"포도주는 없어."

앨리스는 화를 내면서 말했다.

"없으면서 권하는 건 예의가 아니잖아."

3월 토끼가 맞받아쳤다.

"초대받지도 않았는데 멋대로 앉는 것도 예의는 아니지."

앨리스가 말했다.

"너희 식탁인 줄 몰랐어. 셋이 앉기엔 너무 크잖아."

그동안 호기심 가득한 눈으로 앨리스를 바라보던 모자 장수가 처음으로 입을 열었다.

"머리카락 좀 잘라야겠어."

앨리스는 조금 퉁명스럽게 말했다.

"꼬투리 잡아 남을 괴롭히는 건 큰 실례야."

이 말을 들은 모자 장수가 눈을 크게 떴다. 하지만 입에서 나온 말은 고작 이랬다.

"갈까마귀랑 책상이랑 뭐가 닮았게?"

앨리스는 생각했다.

'슬슬 재미있어지는데! 수수께끼 놀이라면 좋아.'

그러고는 큰 소리로 말했다.

"내가 풀 수 있을 것 같아."

3월 토끼가 물었다.

"네가 답을 찾을 수 있다는 뜻이니?"

앨리스가 대답했다.

"응, 그래."

3월 토끼가 말을 이었다.

"그렇다면 네 생각대로 말해야 해."

앨리스가 얼른 대답했다.

"그러고 있어. 적어도……, 적어도 난 내가 말한 대로 생각해. 그게 그 말이잖아."

모자 장수가 소리쳤다.

"전혀 같지 않아! '내가 먹는 것을 본다'와 '내가 보는 것을 먹는다'가 같은 말이니?"

3월 토끼도 옆에서 거들었다.

"'내가 가진 것을 좋아한다'와 '내가 좋아하는 것을 가진다'가 같은 말이니?"

겨울잠 쥐까지 잠꼬대하듯 끼어들었다.

"'나는 잘 때 숨을 쉰다'와 '나는 숨 쉴 때 잔다'가 같은 말이니?"

모자 장수가 말했다.

"너한텐 그게 다 같은 말이겠지."

이쯤에서 대화가 끊기자 모두 잠깐 입을 닫고 있었다. 그 사이 앨리스는 갈까마귀와 책상에 대해 생각해보았지만 딱히 떠오르는 답은 없었다.

가장 먼저 침묵을 깬 건 모자 장수였다. 모자 장수는 앨리스를 돌아보며 물었다.

"오늘이 며칠이지?"

그러더니 주머니에서 시계를 꺼내 걱정스러운 표정으로 들여다보면서 흔들어보기도 하고 귀에 대보기도 했다.

앨리스는 잠시 생각하고 대답했다.

"4일이야."

모자 장수가 한숨을 푹 내쉬었다.

"이틀이나 틀리잖아! 버터는 시계에 안 좋다고 내가 말했잖아!"

모자 장수가 화난 표정으로 3월 토끼를 바라보았다.

3월 토끼는 풀이 죽은 듯 대꾸했다.

"가장 좋은 버터였는데."

모자 장수가 투덜거렸다.

"그래, 하지만 빵 부스러기가 들어간 게 틀림없어. 빵 칼로 버터를 집어넣지 말아야 했는데."

3월 토끼는 씁쓸한 표정으로 시계를 들여다보았다. 그러더니 찻잔 속에 시계를 담갔다가 꺼내서 다시 보았다. 하지만 더 좋은 말이 떠오르지 않는지 처음 말만 되풀이했다.

"가장 좋은 버터였는데."

호기심이 생긴 앨리스는 3월 토끼의 너머로 시계를 보다가 말했다.

"정말 웃기는 시계네! 날짜는 알려주면서 시간은 안 나오잖아!"

모자 장수가 투덜거렸다.

"시간이 꼭 나와야 해? 네 시계엔 연도도 나와?"

앨리스는 주저 없이 대답했다.

"물론 아니지. 하지만 연도는 오랫동안 똑같으니까 굳이 나타내지 않아도 되잖아."

모자 장수가 말했다.

"내 시계도 마찬가지야."

앨리스는 어리둥절해졌다. 모자 장수는 분명 말을 하고 있었지만 아무 뜻도 없는 말처럼 들렸다.

"무슨 말인지 잘 모르겠어."

"겨울잠 쥐가 또 잠들었네."

모자 장수는 이렇게 말하더니 겨울잠 쥐의 코에 뜨거운 차를 찔끔 부었다.

겨울잠 쥐는 머리를 마구 흔들어대더니 눈도 뜨지 않은 채 말했다.

"물론이지, 물론이지. 내가 방금 그 말을 하려던 참이었어."

모자 장수는 앨리스를 다시 돌아보며 물었다.

"수수께끼는 풀었니?"

앨리스가 대답했다.

"아니, 난 포기할래. 답이 뭐야?"

모자 장수가 말했다.

"나도 몰라."

3월 토끼가 맞장구쳤다.

"나도 마찬가지야."

앨리스는 피곤한 듯 한숨을 내쉬었다.

"그 시간에 좀 더 나은 걸 하지 그래? 답도 없는 수수께끼나 푸는 데 시간을 낭비하지 말고."

모자 장수가 말했다.

"네가 나만큼만 시간을 잘 안다면 낭비한다고 말하진 않을 텐데. 시간은 사람이니까."

앨리스가 말했다.

"무슨 말인지 모르겠어."

모자 장수는 무시하듯 고개를 홱 젖히며 말했다.

"넌 모르는 게 당연해! 넌 시간한테 말을 걸어본 적도 없잖아!"

앨리스는 조심스럽게 대답했다.

"그런 것 같아. 하지만 음악 공부를 할 땐 박자를 맞춰야 한다는 건 알아."

모자 장수가 말했다.

"아, 그래서 시간이 두들겨 맞는 걸 싫어하는구나. ('beat'에는 '박자를 맞추다'란 뜻도 있지만 '두들겨 때리다'란 뜻도 있다. 앨리스는 앞의 뜻으로 말했는데, 모자 장수는 뒤의 뜻으로 받아들였다 –옮긴이) 네가 시간이랑 사이좋게 잘 지내면 시간은 네가 원하는 대로 시계를 맞춰줄 거야. 예를 들어 아침 아홉 시에 수업이 시작한다고 하자. 넌 시간한테 공부하기 싫다고 넌지시 귀띔만 해주면 시계가 눈 깜짝할 사이에 돌아간다고! 한 시 반, 바로 점심시간으로 말이야!"

(3월 토끼는 "지금이 점심시간이라면 얼마나 좋을까" 하고 중얼거렸다.)

앨리스는 생각에 잠긴 채 말했다.

"정말 멋지겠다. 하지만 그땐…… 배가 고프지 않을 텐데."

모자 장수가 말했다.

"아마 처음엔 그렇겠지. 하지만 네가 원하는 만큼 계속 한 시 반에 머물 수도 있어."

앨리스가 물었다.

"넌 늘 그런 식으로 하니?"

모자 장수가 슬픈 듯이 말했다.

"아니! 우린 지난 3월에 싸웠어. 재가 미치기 직전이었지. (찻숟가락으로 3월 토끼를 가리키며) 그때 난 하트 여왕이 주최한 성대한 연주회에서 이런 노래를 하기로 했어."

반짝반짝 작은 박쥐야!
넌 뭘 하고 있니?

모자 장수가 물었다.

"너도 이 노래 알지?"

앨리스가 대답했다.

"그와 비슷한 노래는 들어봤어."

모자 장수는 계속했다.

하늘에 있는 차 쟁반처럼
세상 위로 높이 날아가네.

반짝반짝…….

이때 겨울잠 쥐가 몸을 부르르 떨더니 잠결에 노래를 부르기 시작했다.

"반짝 반짝 반짝……."

끝도 없이 부르길래 모자 장수와 3월 토끼는 겨울잠 쥐를 꼬집어서 멈추게 했다.

모자 장수가 말했다.

"있지, 내가 1절도 채 못 했는데 여왕이 호통을 치는 거야. '저놈이 시간을 죽이고 있다! 당장 목을 베라!' 하고 말이야."

놀란 앨리스가 소리를 꽥 질렀다.

"꺅, 너무 끔찍하고 잔인해!"

모자 장수는 서글픈 어조로 말을 이어나갔다.

"그리고 그때부터 시간이 내 부탁은 하나도 안 들어줘! 그래서 항상 여섯 시야."

그 순간 앨리스의 머릿속에 어떤 생각이 퍼뜩 떠올랐다.

"그래서 이렇게 찻잔이 많이 나와 있구나?"

모자 장수가 한숨을 내쉬면서 대답했다.

"그래 맞아. 항상 차 마시는 시간이다 보니 설거지할 틈도 없지 뭐야."

앨리스가 물었다.

"그럼 계속 자리만 바꿔 앉니?"

모자 장수가 대답했다.

"그렇지. 차를 다 마시면 그래."

앨리스가 용기를 내어 물었다.

"그럼 처음 자리로 돌아오면?"

이때 3월 토끼가 늘어지게 하품을 하면서 끼어들었다.

"우리 다른 이야기 하자. 그런 이야기라면 이젠 지겨워. 꼬마 아가씨가 이야기 하나 해줬으면 좋겠어."

3월 토끼의 제안에 화들짝 놀란 앨리스가 대답했다.

"난 아는 이야기가 하나도 없어."

그러자 모자 장수와 3월 토끼가 동시에 외쳤다.

"그렇다면 겨울잠 쥐가 해야지! 겨울잠 쥐야, 일어나!"

둘은 곧바로 양쪽에서 겨울잠 쥐를 꼬집었다.

겨울잠 쥐는 스르르 눈을 뜨더니 쉰 목소리로 들릴까 말까 하게 말했다.

"나 안 잤어. 너희 이야기 다 듣고 있었다고."

3월 토끼가 말했다.

"이야기 하나 해줘!"

앨리스도 애원했다.

"그래, 제발 해줘!"

모자 장수가 거들었다.

"빨리 해. 그러다 이야기가 끝나기도 전에 또 잠들겠네."

겨울잠 쥐는 서둘러 이야기를 시작했다.

"옛날 옛적에 어린 세 자매가 살고 있었어. 이름은 엘시와 레이시, 틸리였고 우물 바닥에서 살았지……."

평소 먹고 마시는 데 유난히 관심이 많은 앨리스가 물었다.

"거기서 뭘 먹고 살았어?"

겨울잠 쥐는 잠깐 생각하더니 이렇게 대답했다.

"당밀을 먹고 살았어."

앨리스가 상냥하게 말했다.

"그럴 리가 없어. 그랬다면 배가 아팠겠지."

"그래서 자매들은 크게 배탈이 났지."

앨리스는 자매들의 남다른 삶을 상상해보려고 애썼지만 머릿속이 복잡해졌다. 그래서 다음 질문으로 넘어갔다.

"그런데 왜 우물 바닥에서 살았어?"

3월 토끼가 매우 간곡하게 앨리스에게 권했다.

"차 좀 더 마시지 그래."

앨리스는 기분이 상해서 대답했다.

"난 아직 한 모금도 안 마셨어. 그러니 '더' 마실 수는 없지."

모자 장수가 말했다.

"덜 마실 수가 없다는 뜻이겠지. 아무것도 안 마셨을 땐 더 마시는 건 아주 쉬운 일이니까."

앨리스가 톡 쏘아붙였다.

"아무도 네 의견 안 물어봤어."

모자 장수가 의기양양하게 대꾸했다.

"지금 꼬투리를 잡아 괴롭히는 게 누군데 그래?"

앨리스는 뭐라고 대꾸해야 할지 몰라 버터 바른 빵과 차를 조금 먹은 뒤에 겨울잠 쥐에게 다시 물었다.

"그런데 그 애들은 왜 우물 바닥에서 살았어?"

겨울잠 쥐는 잠깐 생각해보더니 대답했다.

"그곳이 당밀 우물이었기 때문이지."

앨리스는 화가 나서 소리쳤다.

"그런 게 어디 있어?"

모자 장수와 3월 토끼는 조용히 하라면서 "쉬, 쉬!" 했고, 겨울잠 쥐는 통명스럽게 말했다.

"그렇게 예의 없이 굴려면 나머지 이야긴 네가 끝내."

앨리스는 아주 겸손하게 말했다.

"아냐, 계속해줘! 다시는 끼어들지 않을게. 그런 우물도 있겠지 뭐."

겨울잠 쥐는 화를 내며 말했다.

"있지, 그럼!"

겨울잠 쥐는 씩씩댔지만 이야기는 계속 이어나갔다.

"그래서 세 자매는…… 그림 그리는 법을 배우고 있었는데 말이야……."

앨리스는 아까 한 약속을 깜빡 잊고 물었다.

"뭘 그려?"

겨울잠 쥐는 생각할 겨를도 없이 대답했다.

"당밀 말이야."

그때 모자 장수가 끼어들었다.

"깨끗한 잔이 필요해. 우리 한 칸씩 자리를 옮기자."

모자 장수가 자리를 옮겨 앉자 겨울잠 쥐가 모자 장수를 따라 자리를 옮겼다. 3월 토끼는 겨울잠 쥐가 앉았던 자리로 옮기고 앨리스는 마지못해 3월 토끼가 앉았던 자리로 옮겼다. 이렇게 자리를 바꿔서 좋은 건 모자 장수뿐이었다. 앨리스의 자리는 전보다 훨씬 더 나빠졌다. 3월 토끼가 조금 전 접시에 우유를 엎질렀기 때문이다.

앨리스는 겨울잠 쥐의 기분을 상하게 하지 않으려고 매우 조심스럽게 말을 꺼냈다.

"이해가 잘 안 되는데. 뭘 보고 당밀을 그린다는 말이지?"

모자 장수가 말했다.

"우물에선 물을 퍼내잖아. 그럼 당밀 우물에선 당밀을 퍼내지 않겠어, 이 멍청아!" (위에서 겨울잠 쥐는 'draw'를 '그리다'란 뜻으로 말했는데, 모자 장수는 또 다른 뜻인 '퍼내다'로 바꿔서 말했다 ―옮긴이)

앨리스는 모자 장수의 말은 아랑곳하지 않고 겨울잠 쥐에게 말했다.

"하지만 자매들은 그 우물 안에 살았잖아."

겨울잠 쥐가 대답했다

"물론 잘 살았지." ('well'에는 '우물'이라는 뜻도 있지만 '잘', '좋게'란 뜻도 있다 ―옮긴이)

가엾은 앨리스는 이 대답에 어리둥절해져서 잠시 말없이 겨울잠 쥐의 이야기를 듣고만 있었다.

겨울잠 쥐는 잠이 오는지 하품을 하고 눈을 비비면서 말을 이었다.

"자매들은 그림 그리는 법을 배웠어. 온갖 것을 그렸는데

'm'으로 시작하는 건 전부 그렸어."

앨리스가 물었다.

"왜 하필이면 'm'인데?"

3월 토끼가 되물었다.

"그러면 좀 안 돼?"

앨리스는 입을 다물었다.

이때 겨울잠 쥐가 눈을 감더니 깜박 잠이 들었다. 그러자 모자 장수가 다시 꼬집었고 그 바람에 겨울잠 쥐는 "꺅!" 하고 소릴 지르더니 잠에서 깨선 이야기를 계속했다.

"쥐덫(mouse traps), 달(moon), 기억(memory), 많음(muchness) 같은 걸 그렸어. 많이 비슷한(much of a muchness)에 들어 있는 그 많음 말이야. 너 혹시 많음을 그린 그림을 본 적 있니?"

어리둥절해진 앨리스가 대답했다.

"음, 네가 물어봐서 하는 말인데. 없는 것 같아……."

모자 장수가 받아쳤다.

"그럼 입 다물어."

앨리스는 모자 장수의 무례한 말투에 더는 참을 수가 없었다. 그래서 몸서리를 치며 일어나 자리를 박차고 떠났다. 겨울잠 쥐는 곧바로 잠이 들었고, 모자 장수와 3월 토끼는 앨리스가 떠난 것도 눈치 채지 못했다. 앨리스는 그래도 혹

시나 자신을 부르지 않을까 하는 기대에 한두 번 뒤를 돌아보았다. 마지막으로 돌아보았을 때 모자 장수와 3월 토끼는 겨울잠 쥐를 찻주전자 안에 집어넣으려 애쓰고 있었다.

앨리스는 숲길로 들어서며 말했다.

"어쨌든 내가 저길 다시 가나 봐라. 저런 엉터리 같은 다과회는 난생처음이야!"

이 말을 마치자마자 문이 달린 나무 한 그루가 눈에 띄었다.

"정말 이상하네. 하지만 오늘 내내 이상한 일뿐인걸. 당장 들어가 봐야겠어."

앨리스는 곧장 문 안으로 들어갔다. 또다시 긴 복도가 나왔고, 가까이에 유리 탁자도 있었다.

"그래, 이번엔 제대로 해야지."

앨리스는 이렇게 중얼거리며 작은 황금 열쇠를 집어 정원으로 통하는 문을 열었다. 그런 다음 (주머니에 넣어둔) 버섯을 조금 떼어먹었다. 키가 30센티미터 정도로 줄어들자 앨리스는 좁은 통로를 따라 걸었다. 마침내 앨리스는 화사한 꽃밭과 시원한 분수가 있는 아름다운 정원으로 들어섰다.

8장

여왕의 크로케 경기장

정원 입구 근처에는 키 큰 장미나무 한 그루가 서 있었다. 가지에는 하얀 장미꽃이 피어 있고 정원사 세 명이 꽃에다 빨간 칠을 하느라 여념이 없었다. 이런 모습을 이상히 여긴 앨리스는 자세히 보려고 가까이 다가갔다. 바로 그때 한 정원사의 목소리가 들렸다.

"조심해, 파이브! 물감 좀 튀기지 마!"

파이브가 뾰로통한 말투로 말했다.

"나도 어쩔 수 없었어. 세븐이 내 팔꿈치를 툭 쳤거든."

세븐이 고개를 들고는 말했다.

"그래, 파이브! 넌 항상 남 탓만 하지!"

파이브가 받아쳤다.

"너야말로 입 다물고 있는 게 좋을걸! 바로 어제 여왕 폐하가 네 목이 날아가도 싸다고 말씀하시는 걸 들었거든."

맨 처음 입을 열었던 정원사가 물었다.

"왜?"

세븐이 말했다.

"투, 네가 알 바 아니야!"

파이브가 말했다.

"아냐, 얘하고도 관계있어! 내가 말할게. 네가 요리사한테 양파 대신 튤립 뿌리를 갖다 줬기 때문이야."

이 말을 들은 세븐은 붓을 툭 내던지더니 말하기 시작했다.

"이렇게 억울할 데가……."

바로 그 순간 세븐은 그들을 지켜보고 있던 앨리스와 눈이 딱 마주쳤다. 그는 갑자기 입을 다물었다. 다른 두 명도 주위를 돌아보더니 허리를 숙여 인사했다.

앨리스가 조심스럽게 물었다.

"장미에 왜 빨간 칠을 하고 있는지 여쭤보아도 될까요?"

파이브와 세븐이 대답 대신 투를 바라보았다. 투가 조용히 말했다.

"글쎄 그게 말이죠, 아가씨. 원래 이곳에 빨간 장미를 심었어야 하는데, 그만 실수로 하얀 장미를 심었지 뭡니까. 여왕 폐하 귀에 들어가는 날엔 우리 셋은 목이 댕강 날아갈 거예요. 그래서 여왕 폐하가 여기로 오시기 전에 이렇게 온 힘을 다해…….”

바로 그때였다. 불안한 듯 정원을 살피고 있던 파이브가 소리쳤다.

“여왕 폐하다! 여왕 폐하다!”

세 정원사는 얼른 얼굴을 땅바닥에 대고 엎드렸다. 곧이어 여러 명의 발소리가 들려오자 앨리스는 여왕을 보려고 주위를 두리번거렸다.

가장 먼저 병사 열 명이 곤봉을 들고 나타났다. 모두 납작한 직사각형에다 네 모서리에 손과 발이 달려 있어 영락없이 정원사들과 같은 모습이었다. 다음으로 신하 열 명이 그 뒤를 따랐다. 이들은 온몸을 다이아몬드 무늬로 휘감은 채 병사들처럼 둘씩 짝을 지어 걸어왔다. 그다음엔 왕자와 공주 열 명이 손에 손을 잡고 즐겁게 뛰면서 따라왔다. 모두 하트 무늬로 치장한 모습이었다. 그 뒤로 손님들이 따랐다. 대부분 왕과 여왕들이었는데, 그들 사이로 흰토끼의 모습도 보였다. 흰토끼는 초조하고 조급한 기색이 역력한 채 이런저런 대화에 웃으며 답하느라 앨리스를 보지 못하고 지나쳤다. 다음으로 하트 잭이 진홍색 벨벳 쿠션 위에 놓인 왕관을 들고 뒤따랐다. 그리고 이 성대한 행렬의 마지막 순서로 **하트 왕과 하트 여왕이** 등장했다.

앨리스는 정원사들처럼 자신도 바닥에 엎드려야 하나 잠깐 고민했지만 그런 규칙을 들어본 기억이 없었다.

"저렇게 모두 엎드려 얼굴을 땅에 박으면 아무도 보지 못하는데, 행렬이 무슨 소용이람?"

앨리스는 그 자리에 선 채로 기다렸다.

행렬이 앨리스 맞은편에 이르자 모두 걸음을 멈추고 앨리스를 바라보았다.

여왕이 근엄한 어조로 물었다.

"이 아인 누구냐?"

하트 잭은 대답 대신 그저 머리만 조아리며 실실 웃었다.

"이런 멍청한 것!"

여왕이 못마땅하다는 듯이 고개를 발딱 들고는 앨리스에게 물었다.

"얘야, 네 이름이 뭐냐?"

앨리스는 매우 공손하게 대답했다.

"제 이름은 앨리스입니다, 여왕 폐하."

그러고서 혼잣말을 덧붙였다.

"재넨 고작 카드 한 벌일 뿐이잖아. 겁낼 필요 없어!"

여왕이 장미나무 옆에 엎드려 있는 세 정원사를 가리키며 물었다.

"그럼 저놈들은 누구냐?"

알다시피 셋 다 얼굴을 바닥에 대고 있는 데다 등에 그려진 무늬도 다른 카드들과 똑같았기 때문에 여왕은 그들이 정원사인지, 병사인지, 신하인지, 세 왕자와 공주인지 알 길이 없었다.

앨리스가 대답했다.

"제가 어떻게 알아요? 저하곤 상관도 없는 일인데요."

앨리스는 자신이 생각하기에도 무척 대담한 답변이라 흠칫 놀랐다.

여왕은 분노로 얼굴이 시뻘게졌다. 그리고 잠시 맹수처럼 앨리스를 노려보더니 고래고래 고함을 질렀다.

"당장 저 계집의 목을 베라! 목을 베……."

앨리스는 단호하게 큰 소리로 외쳤다.

"말도 안 돼요!"

그러자 여왕은 조용해졌다.

왕이 여왕의 팔에 손을 얹으며 조심스럽게 말했다.

"여보, 진정해요. 아직 어린애잖소!"

여왕은 화가 난 듯 몸을 휙 돌리더니 하트 잭에게 소리쳤다.

"저자들을 뒤집어라!"

하트 잭이 한 발로 아주 조심스럽게 정원사들을 뒤집었다.

"일어나!"

여왕이 크고 날카로운 소리로 명령하자 세 정원사가 몸을 벌떡 일으키더니 왕과 여왕, 왕자와 공주들을 포함해 거기 있던 모든 이에게 고개 숙여 절을 해대기 시작했다.

여왕은 소리를 꽥 질렀다.

"그만해라! 어지럽다!"

그러더니 장미나무 쪽을 보고 물었다.

"여기서 무얼 하고 있던 게냐?"

투가 한쪽 무릎을 꿇고 매우 공손하게 대답했다.

"아뢰옵기 송구하오나 여왕 폐하, 저희는……."

그사이 장미를 살펴보던 여왕이 말했다.

"오라, 알겠다! 저놈들의 목을 쳐라!"

행렬은 다시 움직이기 시작했고, 병사 셋만이 가엾은 정원사들의 목을 베려고 남았다. 정원사들은 앨리스에게 달려와 도움을 청했다.

"목이 날아가게 그냥 내버려두진 않을 거예요!"

이 말과 동시에 앨리스는 옆에 있던 커다란 화분 안에 정원사들을 숨겼다. 병사 셋은 잠시 주위를 두리번거리며 정원사들을 찾더니 이내 조용히 다른 이들을 따라갔다.

여왕이 큰 소리로 물었다.

"그자들의 목은 쳤느냐?"

병사들은 큰 목소리로 대답했다.

"분부대로 그자들의 목은 날아갔습니다, 여왕 폐하!"

“옳지, 잘했다! 크로케는 할 줄 아느냐?”

병사들은 이 질문이 앨리스에게 한 게 분명하다고 여겨 말없이 앨리스를 바라보았다.

앨리스가 외쳤다.

“네!”

여왕이 큰 소리로 명령했다.

“그럼 따라오너라!”

이렇게 해서 행렬에 참가하게 된 앨리스는 앞으로 무슨 일이 벌어질지 몹시 궁금했다.

잠시 뒤 앨리스 옆에서 겁을 먹은 듯한 목소리가 들려왔다.

“정말…… 날씨가 좋네!”

흰토끼가 불안한 듯 앨리스의 얼굴을 흘낏거리면서 걷고 있었다.

앨리스가 말했다.

“진짜 좋네요. 그런데 공작 부인은 어디 있어요?”

토끼가 황급히 목소리를 낮추며 대답했다.

“쉿! 쉬잇!”

토끼는 불안한 듯 뒤를 살피더니 까치발을 들어 앨리스의 귀에 대고 속삭였다.

“공작 부인은 사형선고를 받았어.”

“왜요?”

"너 방금 '안됐다'고 했니?"

"아뇨, 안됐다는 생각은 안 했어요. 전 그냥 '왜요'라고 물었어요."

토끼가 설명하기 시작했다.

"공작 부인이 여왕 폐하의 따귀를 때렸거든……."

앨리스는 킬킬거리며 웃었다.

겁에 질린 토끼가 속삭였다.

"아, 쉿! 여왕 폐하가 듣겠어! 공작 부인이 조금 늦게 왔거든. 그런데 여왕 폐하가 말씀하셨어……."

이때 여왕이 우레와 같은 고함을 질렀다.

"모두 자기 자리로!"

사람들은 한꺼번에 우르르 사방팔방으로 뛰다가 서로 부딪쳤다. 그러나 잠시 뒤 모두 제자리를 찾아 경기를 시작했다.

앨리스는 이런 이상한 크로케 경기장은 난생처음 보았다. 바닥은 온통 울퉁불퉁 골이 파여 있는 데다 크로케 공은 살아 있는 고슴도치였고, 채는 살아 있는 홍학이었다. 병사들은 바닥에 손을 짚고 몸을 둥글게 말아 아치형 골대를 만들었다.

앨리스는 처음엔 홍학을 어떻게 다뤄야 할지 몰라 애를 먹었다. 우선 홍학의 몸통을 편안하게 팔 밑으로 집어넣고

다리를 늘어뜨리는 데는 성공했다. 하지만 홍학의 목을 똑바로 세워 머리로 고슴도치를 한 방 날리려고 하면 홍학이 몸을 꼬고 얼떨떨한 표정으로 앨리스를 올려다보는 바람에 웃음보가 터지지 않을 수 없었다. 그래서 홍학의 머리를 밑으로 내리고 다시 시작하려고 하면 이번에는 고슴도치가 몸을 펴고 다른 데로 엉금엉금 기어가 버렸다. 게다가 고슴도치를 쳐서 보내고 싶은 곳에는 이랑이나 고랑이 있고, 몸을 구부리고 있던 병사들도 일어나서 다른 쪽으로 가버리기 일쑤였다. 이내 앨리스는 '이건 정말 힘든 경기가 되겠구나' 하고 결론을 내렸다.

선수들은 모두 자기 차례를 기다리지 않고 동시에 경기에 뛰어들어 서로 치고받으며 고슴도치를 차지하려고 했다. 이런 광경을 본 여왕은 불같이 화를 내면서 발을 쿵쿵거리고 돌아다녔다. 그러면서 일 분에 한 번꼴로 "저 녀석의 목을 쳐라!" "저 계집의 목을 쳐라!" 하고 고함을 질러댔다.

앨리스는 안절부절못하기 시작했다. 지금까지는 여왕과 다툰 적이 없지만 그런 일은 언제든지 일어날 수 있었다.

앨리스는 이런 생각이 들었다.

'그럼 난 어떻게 될까? 여기 사람들은 왜 저렇게 목을 베지 못해 안달일까. 그래도 이 와중에 살아 있는 사람들도 있네!'

앨리스는 눈에 띄지 않게 도망칠 길이 없나 고민하며 이리저리 두리번거렸다. 그러다 공중에서 이상한 물체를 보았다. 처음엔 앨리스도 어리둥절했지만 잠시 뒤 그것이 웃음이라는 걸 알아차렸다.

앨리스는 혼잣말로 중얼거렸다.

"저건 체셔 고양이잖아. 이젠 대화 상대가 생겼어."

고양이는 말을 할 수 있을 정도로 입이 생기자마자 이렇게 물었다.

"잘 지냈니?"

앨리스는 고양이의 눈이 나타날 때까지 기다렸다가 고개를 끄덕였다. 그러고선 이렇게 생각했다.

'두 귀가, 아니 적어도 한쪽 귀가 나타날 때까진 말을 걸어도 소용없을 거야.'

잠시 뒤 고양이의 머리 전체가 나타났다. 앨리스는 자기 말을 들어줄 상대가 생기자 기뻐하며 홍학을 내려놓고 이야기보따리를 풀어놓았다. 고양이는 그 정도 모습이면 됐다고 생각하는지 몸을 더는 드러내지 않았다.

앨리스가 볼멘소리로 말했다.

"여기선 경기를 정당하게 하지 않아. 다들 다투기만 해서 누가 무슨 말을 하는지 들리지도 않을 정도야. 특별한 규칙 같은 것도 없고. 설사 있다고 해도 아무도 신경 쓰지 않아. 모두 살아서 움직이는 바람에 정신은 또 얼마나 없는데. 글쎄, 공을 쳐서 넣어야 하는 골대가 경기장 다른 쪽으로 가버리는가 하면 내가 쳐야 할 여왕의 고슴도치는 내 고슴도치가 오는 걸 보고 잽싸게 도망가 버렸다고!"

고양이가 나지막한 목소리로 물었다.

"여왕은 마음에 들어?"

"전혀, 여왕은 진짜……."

바로 그 순간 여왕이 바로 뒤에 있다는 걸 눈치 챈 앨리스는 이렇게 말했다.

"이길 게 확실해. 끝까지 경기해볼 필요도 없어."

이 말을 들은 여왕은 웃으면서 옆을 지나쳤다.

왕이 앨리스에게 다가오더니 아주 신기하다는 듯이 고양이 머리를 바라보며 물었다.

"지금 누구에게 이야기하고 있는 거냐?"

앨리스가 대답했다.

"제 친구예요. 체셔 고양이라고. 소개해드릴게요."

왕이 말했다

"이 녀석 모습이 영 볼썽사납구나. 하지만 원한다면 내 손에 입을 맞춰도 좋다."

고양이가 말했다.

"싫은데요."

"버릇없이 굴다니! 날 그런 눈으로 보지 마라!"

왕은 그렇게 말하고 앨리스 뒤로 슬쩍 몸을 숨겼다.

앨리스가 말했다.

"어떤 책에서 보았는데요, 고양이도 왕을 볼 권리는 있대요. 그 책이 뭔지는 기억이 안 나지만요." ("A cat may look at a king"이란 영국 속담이 있다. 아무리 미천한 사람이라도 자신의 권리가 있다는 뜻이다 – 옮긴이)

왕이 매우 단호하게 말했다.

"흠, 저런 고양이는 없애버려야 해!"

그러더니 마침 지나가던 여왕을 불렀다.

"여보! 저 고양이 좀 없애주겠소?"

여왕에겐 크건 작건 문제를 해결하는 방법이 단 한 가지였다. 여왕은 돌아보지도 않고 명령했다.

"저놈의 목을 쳐라!"

왕은 신이 나서 말했다.

"내가 직접 사형집행인을 데려와야겠군."

그러더니 서둘러 자리를 떴다.

앨리스는 다시 돌아가 경기가 어떻게 진행되는지 보는 게 낫겠다고 생각했다. 때마침 멀리서 여왕이 고함치는 소리가 들려왔다. 여왕은 자기 차례를 놓쳤다는 죄목으로 이미 선수 셋에게 사형선고를 내린 뒤였다. 앨리스는 자기 차례가 언제인지도 모르는 이런 난장판 같은 경기가 보기 싫어져서 자신의 고슴도치를 찾아 나섰다.

앨리스의 고슴도치는 다른 고슴도치와 한바탕 싸움을 벌이고 있었다. 앨리스는 바로 이때가 한 녀석으로 다른 녀석을 칠 수 있는 절호의 기회라고 생각했다. 다만 한 가지 문제는 앨리스의 홍학이 이미 정원의 반대편으로 가버렸다는 것이다. 그곳에서 홍학은 나무 위로 날아오르려고 날갯짓을 하고 있었다. 앨리스가 홍학을 붙잡아 데리고 왔을 땐 싸움은 벌써 끝난 상태였고 고슴도치 두 마리도 사라지고 없었다.

앨리스는 생각했다.

'어차피 상관없어. 이쪽 골대도 다 사라지고 없는걸, 뭐.'

그래서 앨리스는 홍학이 다시 도망가지 못하도록 옆구리에 꼭 끼고는 체셔 고양이와 좀 더 대화를 나누려고 돌아갔다.

체셔 고양이에게 돌아와 보니 놀랍게도 사람들이 고양이 주변을 둘러싸고 있었다. 사형집행인과 왕, 여왕이 말다툼을 벌이고, 나머지 사람들은 입에 자물쇠라도 채운 듯 그 모습을 조용히 바라보고만 있었다. 다들 몹시 불편해하는 낯빛이었다.

앨리스가 나타나자마자 세 사람은 자기주장을 되풀이해 말하면서 문제를 해결해달라고 했다. 하지만 모두가 동시에 떠들어대는 통에 무슨 말을 하는지 정확히 알아들을 수

가 없었다.

사형집행인의 주장은 몸통이 없는데 어떻게 목을 벨 수 있느냐 하는 것이었다. 지금껏 그런 일은 해본 적도 없을 뿐 아니라 이제 와서 할 수도 없다는 것이었다.

왕은 왕대로 머리가 있는데 왜 목을 베지 못하느냐며 헛소리하지 말라고 다그쳤다.

또한 여왕은 지금 당장 조처를 취하지 않으면 여기 있는 사람들을 모두 사형시키겠다고 으름장을 놓았다. (사람들 표정이 하나같이 심각하고 불안해 보인 것은 모두 여왕의 말 때문이었다.)

앨리스는 달리 할 말이 생각나지 않아 이렇게 말했다.

"고양이 주인은 공작 부인이에요. 그분한테 물어보는 게 좋겠어요."

여왕이 사형집행인에게 말했다.

"그 여잔 지금 감옥에 있으니까 가서 끌고 와."

사형집행인은 쏜살같이 달려갔다.

사형집행인이 떠나자마자 고양이 머리가 희미해지기 시작하더니 공작 부인을 데리고 왔을 땐 완전히 사라지고 없었다. 그래서 왕과 사형집행인은 고양이를 찾아 길길이 날뛰었고 나머지 사람들은 경기장으로 돌아갔다.

9장

가짜 거북이 이야기

"얘야, 널 다시 보니 얼마나 기쁜지 모르겠구나."

공작 부인이 정답게 앨리스의 팔짱을 끼며 인사했다. 두 사람은 함께 걷기 시작했다.

기분이 좋은 공작 부인을 보니 앨리스도 덩달아 기분이 좋아졌다. 부엌에서 처음 만났을 때 그토록 무례하게 굴었던 건 아마도 후추 탓일 거라는 생각이 들었다.

앨리스가 중얼거렸다.

"내가 공작 부인이 된다면(하지만 간절하게 바라는 어조는 아니었다) 절대로 부엌에 후추를 두지 말아야지. 후추가 없어도 수프를 맛있게 끓일 수 있어. 어쩌면 사람들이 화를 잘 내는 것도 다 후추 탓일지 몰라."

앨리스는 새로운 규칙을 발견했다는 생각에 몹시 기뻐하며 말을 이었다.

"식초는 사람들을 신랄한 성격으로 만들고, 카밀러(국화과 약용식물로, 약간 쓴맛이 난다 —옮긴이)는 사람들을 씁쓸한 기분으로 만들지. 보리 엿 같은 건 아이들의 마음을 비단결처럼 만들어놓지. 어른들이 이런 사실을 알면 좋을 텐데. 그러면 사탕을 놓고 그렇게 쩨쩨하게 굴지 않을 거야."

앨리스는 공작 부인을 깜빡 잊고 있다가 부인의 목소리가 귓가에 들려오자 깜짝 놀랐다.

"얘야, 말이 없는 걸 보니 딴생각을 하고 있구나. 지금 당장은 이 경우에 맞는 교훈이 생각나지 않지만 조금 있으면 떠오를 거야."

앨리스가 대꾸했다.

"아마도 그런 교훈은 없을걸요."

"쯧쯧, 얘야! 우리가 찾으려고만 하면 모든 일에는 그에 맞는 교훈이 있단다."

공작 부인은 이렇게 말하면서 앨리스 옆으로 자기 몸을 바짝 붙였다.

앨리스는 공작 부인이 가까이 붙어 있는 게 싫었다. 우선 공작 부인은 정말 못생겼기 때문이다. 두 번째는 공작 부인의 키가 앨리스의 어깨에 턱을 걸치기 딱 알맞았지만 턱이 너무 뾰족해서 불편했기 때문이다. 하지만 앨리스는 무례하게 굴고 싶지 않아 꾹 참았다.

앨리스는 무슨 말이라도 해야 할 것 같아 입을 열었다.

"이제야 경기가 좀 제대로 돌아가네요."

"그래, 이 경우에 맞는 교훈은 '오, 사랑, 사랑이야말로 세상을 돌아가게 하는 힘이야!'라는 거지."

앨리스는 나지막한 목소리로 속삭였다.

"누군가는 이렇게 말했어요. 사람들은 자기 일에만 신경 써야 한다고!"

공작 부인은 작지만 뾰족한 턱으로 앨리스의 어깨를 찔러 대면서 덧붙였다.

"아, 그래! 그게 그 말이야. 그리고 이 경우에 맞는 교훈은 '뜻을 알고 있으면 말은 저절로 나온다'야."

앨리스는 생각했다.

'아예 교훈에 푹 빠지셨군.'

공작 부인은 잠시 뒤 다시 입을 열었다.

"넌 내가 왜 네 허리에 팔을 두르지 않는지 궁금하겠지. 그건 네 홍학의 성질이 어떤지 몰라서 그래. 시험 삼아 한번 해볼까?"

이 말에 앨리스는 못마땅한 표정을 내비치며 조심스럽게 대꾸했다.

"쪼아댈지도 몰라요."

공작 부인이 대답했다.

"맞아. 홍학이나 겨자는 모두 쏘아대지(영어에서 '쪼아댄다'와 '톡 쏘는 맛이 난다'는 모두 'bite'란 단어를 쓴다 —옮긴이). 그리고 이 경우에 맞는 교훈은 '끼리끼리 논다'야."

앨리스가 되물었다.

"하지만 겨자는 새가 아닌데요."

공작 부인이 말했다.

"대개 그렇지. 넌 말을 참 잘하는구나."

앨리스가 말했다.

"겨자는 광물일 거예요."

"물론이지. 그렇고말고."

공작 부인은 이제 앨리스 말이라면 뭐든 맞장구칠 기세였다.

"이 근처에 커다란 겨자 광산이 있단다. 그리고 이 경우에 맞는 교훈은 '내 것이 많아질수록 네 것은 적어진다'야." (영어에서 '광산'과 '내 것'은 모두 'mine'이란 단어를 쓴다 —옮긴이)

앨리스가 공작 부인의 말은 귀담아듣지도 않고 소리쳤다.

"아, 생각났어요! 겨자는 채소예요. 채소처럼 생기진 않았지만 그래도 채소예요."

공작 부인이 말했다.

"나도 그렇게 생각해. 그리고 이 경우에 맞는 교훈은 '다른 사람 눈에 비치는 모습 그대로의 존재가 되어라'야. 좀 더 간단히 표현하자면 '절대 너 자신이 남의 눈에 비치는 것과 다른 존재라고 생각하지 마라. 과거의 네 모습이나 너였을 수도 있는 모습은 그보다 더 예전에 다른 사람들에게 비쳤을 네 모습과 다르지 않기 때문이니까'지."

앨리스는 매우 공손하게 대답했다.

"글로 읽었으면 더 잘 이해했을 텐데, 말로 들으니까 잘 모르겠어요."

공작 부인이 기분 좋은 말투로 대답했다.

"내가 마음만 먹으면 그보다 더 길게 말할 수도 있어."

앨리스가 말했다.

"아니요, 힘들게 그러실 필요 없어요."

공작 부인이 소리쳤다.

"힘들다니! 내가 이제껏 한 이야기를 모두 선물로 줄게."

앨리스는 속으로 생각했다.

'웬 시시한 선물이람! 사람들이 생일 선물로 저런 걸 안 줘서 정말 다행이야!'

하지만 차마 그 생각을 말로 표현할 엄두는 나지 않았다.

공작 부인은 뾰족한 턱으로 앨리스의 어깨를 또다시 찌르며 물었다.

"너 또 딴생각했니?"

앨리스는 약간 귀찮아져서 쏘아붙였다.

"저도 생각할 권리가 있어요."

"돼지가 날아다닐 권리가 있는 만큼 있겠지. 그리고 이 경우에 맞는 교……."

놀랍게도 공작 부인은 자기가 가장 좋아하는 '교훈'이라는 대목에서 갑자기 목소리가 기어들어 가더니 앨리스의 팔에 끼고 있던 손까지 덜덜 떨기 시작했다.

앨리스가 고개를 드니 여왕이 폭풍같이 잔뜩 찌푸린 얼굴로 팔짱을 낀 채 떡하니 서 있었다.

공작 부인이 모기 소리처럼 힘없는 목소리로 인사를 건넸다.

"여왕 폐하, 날씨가 좋습니다."

여왕이 발바닥으로 땅을 쾅쾅 구르면서 말했다.

"경고하는데 내 눈앞에서 꺼지지 않으면 목을 베겠다! 당장 선택하라!"

공작 부인이 선택을 했고, 순식간에 자취를 감췄다.

여왕이 앨리스에게 말했다.

"경기하러 가자."

잔뜩 겁에 질린 앨리스는 입도 뻥긋 못 하고 여왕의 뒤를 따라 천천히 경기장으로 발걸음을 옮겼다.

다른 손님들은 여왕이 자리를 비운 사이 그늘에서 쉬고

있었는데, 여왕을 보자마자 허둥지둥 경기를 다시 시작했다. 여왕은 조금이라도 꾸물대면 목이 날아갈 줄 알라고 으름장을 놓았다.

경기 내내 여왕은 "저 녀석의 목을 베라!"든지 "저 계집의 목을 베라!" 하고 고함을 질러대면서 다른 선수들과 티격태격했다. 병사들은 사형선고를 받은 사람들을 맡아야 했기에 골대 역할도 그만두어야 했다. 그렇게 반 시간쯤 지나자 골대가 하나도 남지 않았다. 그리고 왕과 여왕, 앨리스를 뺀 나머지 선수가 모두 사형선고를 받아 감옥에 갇히는 신세가 되고 말았다.

이윽고 여왕은 경기를 멈추더니 숨을 헐떡거리며 앨리스에게 물었다.

"가짜 거북이를 본 적이 있느냐?"

앨리스가 대답했다.

"아니요, 전 가짜 거북이가 뭔지도 모르는데요."

여왕이 말했다.

"가짜 거북 수프를 만드는 데 넣는 거야."

앨리스가 말했다.

"전 그런 건 본 적도, 들은 적도 없어요."

여왕이 말했다.

"그렇다면 따라와 봐. 가짜 거북이가 자기 이야기를 해줄

테니까."

두 사람이 자리를 뜨려는데, 왕이 사람들한테 나지막하게 말하는 소리가 들려왔다.

"너희는 모두 사면되었다."

이 말을 들은 앨리스는 중얼거렸다.

"우와, 정말 잘됐다!"

안 그래도 여왕이 사형선고를 내린 사람이 너무 많아 속상했던 터라 앨리스는 뛸 듯이 기뻤다.

얼마 지나지 않아 앨리스와 여왕은 땡볕 아래 쿨쿨 자고 있는 그리핀(그리스 신화에 나오는 괴물로, 사자의 몸에 독수리의 머리와 날개가 달렸다 – 옮긴이)을 만났다. (그리핀을 모르겠다면 그림을 보시길.)

여왕이 버럭 고함을 질렀다.

"일어나, 이 게으름뱅이야! 이 꼬마 숙녀를 가짜 거북이한테 데리고 가. 그리고 가짜 거북이한테 자기 이야길 해주라고 해. 난 돌아가서 사형 집행을 지켜봐야 해."

여왕은 앨리스만 놔둔 채 자리를 떴다. 앨리스는 그리핀의 생김새가 탐탁지 않았지만 무자비한 여왕을 따라가나, 그리핀 곁에 남아 있으나 마찬가지라고 생각해 그냥 기다렸다.

그리핀은 일어나 앉아 눈을 비벼대더니 여왕의 모습이 보이지 않을 때까지 지켜보다가 킬킬거리고 웃었다.

"정말 재미있어!"

그리핀은 반은 혼잣말로, 반은 앨리스가 들으라는 듯이 이야기했다.

앨리스가 물었다.

"뭐가 그렇게 재미있어?"

그리핀이 대답했다.

"그거야 여왕이지. 저게 다 여왕의 상상이야. 사실 아무도 사형당하지 않아. 따라와!"

앨리스는 천천히 그리핀의 뒤를 따르면서 생각했다.

'여기선 다들 '따라와!'라고 말하네. 살면서 이런 식으로 명령받은 적은 없는데. 절대로!'

얼마 안 가 멀리서 가짜 거북이가 눈에 들어왔다. 가짜 거북이는 작은 바위 귀퉁이에 슬픈 표정으로 외로이 앉아 있었다. 좀 더 가까이 다가서자 가짜 거북이의 한숨 소리가 가슴이 무너져 내릴 것처럼 들려왔다. 그런 모습에 앨리스는 마음이 짠해졌다.

앨리스가 그리핀에게 물었다.

"뭐 때문에 저렇게 슬퍼하지?"

그러자 그리핀은 방금 전과 거의 같은 대답을 했다.

"그건 다 가짜 거북이의 상상일 뿐이야. 사실 슬퍼할 일은 하나도 없어. 자, 따라와!"

그래서 둘은 가짜 거북이에게 다가갔다. 가짜 거북이는 눈물이 그렁그렁 맺힌 커다란 눈으로 말없이 앨리스와 그리핀을 바라다보았다.

그리핀이 말했다

"여기 이 꼬마 아가씨가 네 사연을 듣고 싶대."

가짜 거북이는 깊고 공허한 목소리로 말했다.

"그렇담 말해주지. 둘 다 앉아봐. 내가 이야기를 마칠 때까지 입을 열어선 안 돼!"

그래서 그리핀과 앨리스는 가짜 거북이 앞에 앉았고, 둘

다 한참 동안 입도 뻥긋하지 않았다.

앨리스는 속으로 생각했다.

'아직 시작도 안 했으면서 언제 끝낸다는 거야?'

하지만 앨리스는 끈기 있게 기다렸다.

마침내 가짜 거북이는 한숨을 푹 내쉬면서 입을 열었다.

"나도 한때는 진짜 거북이였어."

다시 오랜 침묵이 이어졌다. 이따금 그리핀의 입에서 "흐츠크" 하고 터져 나오는 탄성과 가짜 거북이의 흐느낌만이 침묵을 깰 뿐이었다. 앨리스는 하마터면 자리를 박차고 일어나 "고마워. 이야기 잘 들었어"라고 말할 뻔했다. 하지만 무슨 사연이 있을 것 같아 입을 굳게 닫고 앉아 있었다.

이윽고 가짜 거북이가 이야기를 이어갔다.

"우리가 어렸을 땐 말이지."

가짜 거북이의 목소리는 여전히 이따금 흐느끼긴 했지만 조금 차분해졌다.

"바다에 있는 학교에 다녔어. 선생님은 늙은 바다거북이었지. 우리는 그를 육지거북이라고 불렀어."

앨리스가 물었다.

"바다거북인데 왜 육지거북이라고 불렀어?"

가짜 거북이가 성질을 내며 말했다.

"그야 선생님이 우리를 가르치셨으니까 그렇게 불렀지.

넌 정말 멍청하구나." (영어에서 '우리를 가르쳤다taught us'란 표현과 '육지거북tortoise'은 발음이 비슷하다 —옮긴이)

그리핀도 옆에서 거들었다.

"그런 걸 질문하다니 창피한 줄 알아."

그러더니 둘은 가엾은 앨리스를 바라보며 조용히 앉아 있었다. 앨리스는 땅속으로 꺼져버리고 싶은 심정이었다. 드디어 그리핀이 가짜 거북이에게 말했다.

"계속 이야기하라고! 이 영감탱이야! 온종일 그러고 있을 셈이야?"

가짜 거북이는 말을 이어갔다.

"그래, 우리는 바다에 있는 학교에 다녔어. 넌 안 믿을지도 모르지만……."

앨리스가 끼어들었다.

"안 믿는다고 말한 적 없어!"

가짜 거북이가 말했다.

"넌 그랬어."

앨리스가 말을 꺼내기도 전에 그리핀이 가로막았다.

"입 다물어!"

가짜 거북이가 이야기를 계속했다.

"우린 최고급 교육을 받았지. 매일 학교에 다녔으니까……."

앨리스가 말했다.

“나도 매일 학교에 다녀. 하지만 그게 그렇게 으쓱댈 일은 아닌데.”

가짜 거북이는 약간 근심스럽게 물었다.

“보충수업도 했어?”

앨리스가 대답했다.

“응, 프랑스어와 음악을 배웠어.”

가짜 거북이가 물었다.

“그럼 빨래는?”

앨리스는 벌컥 화를 냈다.

“당연히 아니지!”

가짜 거북이는 안심했다는 투로 말했다.

“아, 그럼 너넨 진짜 좋은 학교는 아니었네. 우리 학교 등록비 청구서 끝에는 ‘프랑스어, 음악, 빨래는 별도’라고 적혀 있었거든.”

앨리스가 말했다.

“바다 밑바닥에 살아서 빨래할 일은 별로 없겠어.”

가짜 거북이가 한숨을 쉬면서 대답했다.

“난 빨래를 배울 만큼 집안 형편이 좋진 않았어. 그래서 정규 과목만 들었어.”

앨리스가 물었다.

“정규 과목은 뭔데?”

가짜 거북이는 대답했다.

"비틀거리기와 몸부림치기부터 배웠어. 그런 다음 산수 관련 과목인 야심, 산만, 추화, 조롱하기 등을 배웠어." (비틀거리기reeling와 몸부림치기writhing는 학교 정규 과목인 읽기reading와 쓰기writing를 장난스럽게 바꾼 것이고, 야심ambition과 산만distraction, 추화uglification, 조롱하기derision는 덧셈addition과 뺄셈subtraction, 곱셈multiplication, 나눗셈division을 장난스럽게 바꾼 것이다 –옮긴이)

앨리스는 용기를 내어 물었다.

"추화는 처음 들어봤어. 그게 뭐니?"

깜짝 놀란 그리핀이 양발을 치켜들며 소리를 질렀다.

"뭐야? 추화를 들어본 적이 없다고? 그렇다면 미화는 뭔지 알지?"

앨리스는 자신 없는 말투로 대답했다.

"응, 그건 뭐든…… 더 예쁘게…… 만드는 거지."

그리핀이 말했다.

"그걸 아는데도 추화를 모른다면 네가 멍청이란 뜻이야."

앨리스는 더 이상은 물어볼 엄두가 나지 않아 가짜 거북이 쪽으로 몸을 돌리고 이렇게 물었다.

"그 밖에 또 어떤 과목을 배웠는데?"

가짜 거북이는 지느러미로 꼽으면서 과목 수를 세었다.

"음, 신비학이 있었어. 고대 신비와 현대 신비를 배우고 해양 지리도 배웠어. 느리게 말하기도 있었지. 느리게 말하기 선생님은 늙은 붕장어였는데, 일주일에 한 번 오셨어. 선생님은 느리게 말하기와 스트레칭, 휘감고 기절하기를 가르치셨지."

앨리스가 물었다.

"그건 어떤 거지?"

가짜 거북이가 대답했다.

"이젠 몸이 뻣뻣해져서 보여줄 수가 없어. 그리핀은 배운 적이 없고."

그리핀이 말했다.

"난 시간이 없었어. 그 대신 고전 선생님 수업을 들었어. 나이가 지긋하신 게였지. 그래, 그랬지."

가짜 거북이가 한숨을 푹 내쉬며 말했다.

"난 그 선생님 수업은 한 번도 못 들어봤어. 웃기와 슬퍼하기를 가르치셨다고 하던데."

그리핀도 한숨을 내쉬며 말했다.

"맞아, 그랬지."

그러고는 둘 다 앞발에 얼굴을 파묻었다. 앨리스는 화제를 바꾸려고 서둘러 물었다.

"수업은 하루에 몇 시간 들었어?"

가짜 거북이가 대답했다.

"첫날은 열 시간, 다음 날엔 아홉 시간, 계속 이런 식이었지."

앨리스가 소리쳤다.

"정말 이상한 시간표도 다 있네!"

그리핀이 대답했다.

"그러니까 '수업'이라고 불렀지. 매일 갈수록 수업 시간 수가 줄어드니까 말이야." (영어의 '수업lesson'과 '줄어들다lessen'는 발음이 같다 —옮긴이)

그건 앨리스에겐 아주 신선한 생각이었다. 앨리스는 잠깐 고민하더니 물었다.

"그럼 열한 번째 날은 학교를 쉬었겠네?"

가짜 거북이가 대답했다.

"그야 물론이지."

앨리스가 진지하게 또 물었다.

"그러면 열두 번째 날은 어떻게 됐어?"

그리핀이 매우 단호한 어조로 말을 딱 잘랐다.

"수업 이야기는 이걸로 충분해. 이제 꼬마 아가씨한테 놀이 이야기나 해줘."

10장

바닷가재의 카드리유 춤

가짜 거북이는 땅이 꺼질 듯 깊은 한숨을 내쉬더니 한쪽 지느러미로 눈을 가렸다. 그러더니 앨리스를 바라보고 무슨 말인가 하려고 했지만 흐느낌 탓에 잠시 목이 메었다.

그리핀이 가짜 거북이의 몸을 흔들고 등을 두드려주면서 말했다.

"목에 가시라도 걸렸나 봐."

마침내 목이 풀린 가짜 거북이의 뺨 위로 눈물이 줄줄 흘러내렸다. 가짜 거북이는 말을 이어나갔다.

"넌 바닷속에서 살아본 경험이 많지 않을 거야. (앨리스는 "응" 하고 대답했다.) 아마 바닷가재와 인사를 나눈 적도 없을 테고. (앨리스는 "맛은 본 적이……"라고 말하려다가 얼른 입을 다물고는 "그래, 없어"라고 대답했다.) 그러니 바닷가재의 카드리유(18세기 후반부터 19세기까지 프랑스에서 유행한 사교춤. 주로 남녀 네 쌍이 사각형 대형으로 추었다 -옮긴이)가 얼마나 재미있는 춤인지도 모르겠구나."

앨리스가 대답했다.

"그래, 몰라. 어떤 춤인데?"

그리핀이 대답했다.

"음, 우선 바닷가를 따라 길게 한 줄로 늘어서서……."

가짜 거북이는 소리를 꽥 지르더니 말을 이었다.

"두 줄이야! 물개, 거북이, 연어 등이 줄을 서는 거야. 그런 다음 거치적거리는 해파리들을 모조리 치우고……."

그리핀이 끼어들었다.

"그게 좀 시간이 걸리지."

가짜 거북이가 말했다.

"두 발짝 앞으로 나가고."

그리핀이 소리쳤다.

"……각자 바닷가재와 파트너를 이루고!"

가짜 거북이가 말했다.

"바로 그렇지, 두 발짝 앞으로 나간 다음 파트너를 향해 서고……."

그리핀이 말을 이었다.

"……그런 다음 바닷가재들을 바꾸고, 같은 순서로 뒤로 물러나고……."

가짜 거북이가 말했다.

"그런 다음 던지는 거야……."

그리핀은 폴짝 뛰어오르면서 소리쳤다.

"바닷가재를 말이야! 있는 힘껏 바다 저 멀리……."

그러고는 또 외쳤다.

"그런 다음 바닷가재를 쫓아 헤엄치는 거야!"

가짜 거북이도 신이 나서 폴짝폴짝 뛰면서 소리쳤다.

"물속에서 공중제비도 하고!"

그리핀이 목청 높여 소리를 질렀다.

"다시 바닷가재를 바꿔!"

갑자기 가짜 거북이가 목소리를 낮추며 말했다.

"그러고 나서 다시 육지로 돌아가면 첫 번째 동작이 끝나는 거야."

이야기하는 내내 미친 듯이 폴짝폴짝 뛰어대던 두 동물은 자리에 얌전히 앉더니 시무룩한 표정으로 앨리스를 바라보았다.

앨리스가 조심스럽게 입을 열었다.

"정말 근사한 춤일 것 같아."

가짜 거북이가 물었다.

"조금 보여줄까?"

앨리스가 대답했다.

"그래, 정말 보고 싶어."

가짜 거북이가 그리핀에게 말했다.

"그럼 첫 번째 동작만 해보자! 바닷가재가 없어도 할 수 있을 거야. 노래는 누가 부를래?"

그리핀이 대답했다.

"네가 불러. 난 가사를 다 까먹었어."

둘은 앨리스 주위를 빙글빙글 돌며 진지하게 춤을 추기 시작했다. 이따금 너무 가까이 돌다가 앨리스의 발을 밟기도 하고, 앞발을 흔들어 박자를 맞추기도 했다. 가짜 거북이는 춤을 추면서 천천히 구슬프게 노래를 불렀다.

대구가 달팽이한테 말했지.
"좀 더 빨리 걸을래?
돌고래가 우리 뒤를 바짝 붙어 내 꼬리를 밟고 있어.
바닷가재와 거북이가 얼마나 열심히 나아가고 있는지 봐봐!
모두 자갈 해변에서 기다리고 있어. 너도 와서 같이 춤출래?
출래, 말래, 출래, 말래, 같이 춤출래?
출래, 말래, 출래, 말래, 같이 춤출래?"

"바닷가재와 함께 바닷속으로 내던져지는 그 순간이
얼마나 즐거운지 넌 모를 거야!"
하지만 달팽이는 흘겨보면서 대답했지.
"너무 멀어! 너무 멀어!"
대구한테 제안은 고맙지만 춤은 추지 않겠다고 정중하게 거절했지.
안 출래, 출 수 없어, 안 출래, 출 수 없어, 춤을 안 출래.
안 출래, 출 수 없어, 안 출래, 출 수 없어, 춤을 출 수 없어.

비늘 있는 친구가 말했지.
"멀리 가는 게 뭐가 어때서?
건너편에도 바닷가는 있어.
영국에서 멀어지면 프랑스에는 가까워지는 거야.
사랑하는 달팽이야, 그러니까 겁내지 말고 함께 춤추자.
출래, 말래, 출래, 같이 춤출래?
출래, 말래, 출래, 같이 춤 안 출래?"

드디어 춤이 끝났다는 생각에 흐뭇해진 앨리스가 말했다.
"고마워. 춤이 정말 재미있어. 대구에 대한 이상한 노래도 마음에 쏙 들고."
가짜 거북이가 말했다.

"아, 대구 말이군. 대구는…… 물론 너도 대구는 본 적이 있겠지?"

앨리스가 대답했다.

"그럼 종종 저녁 식……."

그러다 앨리스는 얼른 입을 닫았다.

가짜 거북이가 말했다.

"'저녁 식'이 어디 있는지는 모르겠지만 종종 보았다니 대구의 생김새는 알겠구나."

앨리스가 고심하며 대답했다.

"물론이지. 걔들은 꼬리를 입에 물고…… 온몸이 빵가루 투성이야."

가짜 거북이가 말했다.

"빵가루라니, 그건 틀렸어. 빵가루는 바닷물에 다 씻겨버리거든. 하지만 꼬리를 입에 물고 있기는 하지. 왜냐하면……."

가짜 거북이가 하품하며 눈을 감더니 그리핀에게 말했다.

"재한테 그 이유를 말해줘. 나머지 이야기도 함께."

그리핀이 말했다.

"그 이유는 말이지. 대구가 바닷가재랑 춤을 추러 가서 그래. 그 때문에 바다로 던져졌거든. 대구들은 바다 저 멀리 나가떨어져야 했어. 그래서 얼른 꼬리를 입에 넣었지. 그러고는 다시 꼬리를 빼내지 못했어. 그게 다야."

앨리스가 말했다.

"고마워. 정말 재미있는 이야기야. 예전에는 대구를 이렇게까지 잘 알진 못했어."

그리핀이 말했다.

"원한다면 더 가르쳐줄 수도 있어. 너 대구를 왜 대구라고 부르는지 아니?"

앨리스가 말했다.

"그런 건 생각해본 적 없는데. 왜 그러지?"

"장화와 구두를 광내기 때문이야."

그리핀이 매우 진지하게 대답했다. 어리둥절해진 앨리스는 놀라서 또 물었다.

"장화와 구두를 광낸다고?"

그리핀이 물었다.

"그래, 너는 뭐로 구두를 광내니? 그러니까 어떻게 반짝반짝 광택을 내느냐고?"

앨리스는 구두를 내려다보며 잠시 생각에 잠겼다.

"검은색 구두약으로 광을 내."

그러자 그리핀이 굵직한 목소리로 말했다.

"바닷속에서는 대구로 광을 낸단다. 알겠니?" ('검은색 구두약blacking'이 'black'에다 'ing'를 붙여서 만든 단어인 점에 빗대서 '대구whiting'를 'white'에다 'ing'가 붙은 단어라고 표현했다 – 옮긴이)

앨리스가 호기심 어린 목소리로 물었다.

"그럼 신발은 뭐로 만들어?"

그리핀이 냉큼 대답했다.

"물론 가자미와 장어로 만들지. 그건 새우도 알겠다." (영어에서 'sole'은 '신발 밑창'과 '가자미'란 뜻이 있으며, '장어eel'는 신발의 '굽heel'과 발음이 비슷하다 – 옮긴이)

앨리스는 계속 노래를 떠올리면서 말했다.

"만약 내가 대구였다면 돌고래한테 '제발 떨어져! 우린 너와 함께 가기 싫어!'라고 말했을 거야."

가짜 거북이가 말했다.

"하지만 대구들은 돌고래들과 같이 다녀야 해. 똑똑한 물고기라면 어디든 돌고래와 함께 다니거든."

깜짝 놀란 앨리스가 물었다.

"정말?"

가짜 거북이가 말했다.

"당연하지. 만약 어떤 물고기가 나한테 와서 여행을 떠난다고 하면 나는 항상 물어봐. '어떤 돌고래랑 가는데?' 하고 말이야."

앨리스가 물었다.

"혹시 무슨 '목적'으로 가냐고 물어보려는 거니?" (영어에서 '돌고래porpoise'와 '목적purpose'은 발음이 비슷하다. 여기서 가짜 거

북이는 잘못된 단어를 쓰고 있다 — 옮긴이)

가짜 거북이는 기분이 상한 말투로 대답했다.

"내가 말한 그대로야."

이어서 그리핀이 말했다.

"자, 그럼 이젠 네 모험담이나 좀 들어볼까?"

앨리스가 약간 주저하며 입을 열었다.

"내 모험은 오늘 아침부터 시작했어. 어제 이야기는 할 필요가 없을 거야. 그때 난 다른 사람이었으니까."

가짜 거북이가 말했다.

"자세히 좀 설명해봐."

그리핀이 조급하게 말했다.

"안 돼! 안 돼! 모험 이야기가 먼저야. 설명하려면 시간이 너무 오래 걸려."

그래서 앨리스는 가장 먼저 흰토끼를 보았을 때부터 이야기보따리를 풀어냈다. 가짜 거북이와 그리핀이 가까이 다가와 앨리스의 양옆에 바짝 붙은 채 눈을 휘둥그레 뜨고 입을 딱 벌리고 있어서 조금 떨리기는 했다. 하지만 앨리스는 이야기를 이어갈수록 자신감이 붙었다. 둘은 앨리스가 애벌레 앞에서 〈아버지 윌리엄〉을 외우는 대목에 이를 때까지는 입을 꾹 다물고 있었다. 그러다 단어가 전부 틀리게 나왔다는 말을 듣고선 가짜 거북이가 길게 숨을 들이마시더니 말했다.

“거참 이상한 일이네.”

그리핀이 맞장구를 쳤다.

“이렇게 이상할 수가 있나.”

가짜 거북이가 생각에 잠긴 표정으로 말했다.

“전부 틀렸다는 거지!”

가짜 거북이는 그리핀을 바라보더니 앨리스에게 뭐든지 시킬 수 있는 권한이라도 있는 듯 이렇게 말했다.

“저 애가 외우는 걸 들어봐야겠어. 시작하라고 해!”

그리핀이 말했다.

“일어서서 「이건 게으름뱅이의 목소리」를 외워봐.”

앨리스는 속으로 생각했다.

‘동물이 사람한테 이래라 저래라 하고, 배운 걸 외우라고 시키다니! 차라리 이럴 바엔 학교에 있는 편이 낫겠어.’

앨리스는 일어나서 시를 외우기 시작했다. 하지만 머릿속은 바닷가재의 카드리유 생각으로 꽉 차 있어서 자기가 무슨 말을 하는지도 몰랐다. 그래서 엉뚱한 말만 입에서 튀어나왔다.

이건 바닷가재의 목소리야. 나는 바닷가재의 주장을 들었어.
“날 너무 까맣게 구웠어. 머리에 흰 설탕을 쳐야겠어.”

오리가 눈꺼풀로 하듯, 바닷가재는 코를 이용해
허리띠와 단추를 정돈하고 발가락을 뒤집지.
백사장이 다 마르면 바닷가재는 종달새처럼 명랑해지고
상어를 무시하는 말을 하지.
하지만 밀물이 밀려오고 상어들이 나타나면
바닷가재는 떨리는 목소리로 조심스럽게 속삭이지.

그리핀이 말했다.
"그건 내가 어릴 때 외우던 거랑 달라."

가짜 거북이도 옆에서 거들었다.

"난 한 번도 들어본 적 없지만 얼토당토않은 소리로 들려."

앨리스는 아무 말도 하지 않았다. 앨리스는 두 손에 얼굴을 묻고 털썩 주저앉아 모든 게 정상으로 돌아갈 수 있을지 걱정했다.

가짜 거북이가 말했다.

"설명을 해주면 좋을 텐데."

그리핀이 얼른 대답했다.

"저 애는 못 할 거야. 다음 연으로 넘어가자."

가짜 거북이가 고집을 피웠다.

"하지만 발은? 어떻게 코로 발가락을 뒤집지?"

앨리스가 대답했다.

"그건 춤출 때의 기본자세야."

앨리스는 시가 뒤죽박죽처럼 느껴져 화제를 바꾸고 싶은 마음이 굴뚝같았다.

그리핀이 재촉했다.

"그럼 다음 연을 외워봐! '난 그의 정원을 지나가다가'로 시작해."

앨리스는 다 틀리게 외울 줄 알면서도 거절할 엄두가 나지 않았다. 그래서 떨리는 목소리로 시를 외기 시작했다.

난 그의 정원을 지나가다가 한쪽 눈으로 보았지.
부엉이랑 표범이 파이를 나눠먹는 걸.
표범은 파이 껍질과 곡물과 고기를 먹고,
부엉이는 자기 몫으로 접시를 가졌지.
파이가 다 없어지자 부엉이는 선물로
숟가락을 챙겨가는 걸 허락받았지.
표범은 으르렁거리며 나이프와 포크를 챙기고
연회를 마치면서…….

갑자기 가짜 거북이가 끼어들었다.

"설명도 못 하면서 그딴 건 외워서 뭐해? 살다 살다 이런 뒤죽박죽인 시는 난생처음이야!"

그리핀도 맞장구쳤다.

"그래, 그만두는 게 좋겠어."

앨리스도 기다리던 바였다.

그리핀이 말을 이었다.

"바닷가재 카드리유에서 다른 동작이나 해볼까? 아니면 가짜 거북이한테 다른 노래를 불러달라고 할까?"

앨리스가 대답했다.

"아, 노래가 좋겠어. 가짜 거북이만 괜찮다면."

앨리스가 무척 좋아하며 부탁하자 그리핀은 다소 기분이

상한 듯했다.

"흠! 취향이야 뭐 각자 다르겠지. 친구야! 「거북이 수프」 노래 한번 불러주지 그래?"

가짜 거북이는 한숨을 푹 내쉬더니 흐느끼느라 잠겨버린 목소리로 노래를 부르기 시작했다.

맛있는 수프, 진한 초록빛 수프가
뜨거운 그릇에서 나를 기다리네.
누군들 그처럼 맛있는 음식을 마다할까?
저녁의 수프, 근사한 수프!
저녁의 수프, 근사한 수프!
근사아아한 수우우프!
근사아아한 수우우프!
근사아아한 수우우프!

근사한 수프! 어느 누가
생선에, 고기에, 다른 음식에 손이 가겠어?
맛있는 수프가 2페니라도 전부와 바꾸지 않을까?
1페니라도 전부와 바꾸지 않을까?
근사아아한 수우우프!
근사아아한 수우우프!

저저저녁의 수우우프!

근사한, 근사한 수프!

그리핀이 소리쳤다.

"후렴구 다시!"

가짜 거북이가 후렴구를 시작하려는 바로 그때 멀리서 "재판 시작!"이라는 소리가 들려왔다.

"따라와!"

그리핀이 소리를 지르더니 가짜 거북이의 노래가 채 끝나기도 전에 앨리스의 손을 잡고는 부리나케 뛰기 시작했다.

앨리스는 숨을 헐떡이며 물었다.

"무슨 재판인데?"

하지만 그리핀은 "따라와!"라는 말만 하고는 더 빨리 내달렸다. 솔솔 부는 산들바람에 실려오던 구슬픈 노랫소리는 그들의 귓가에서 점점 멀어져 갔다.

저저저녁의 수우우프!

근사한, 근사한 수프!

11장

누가 파이를 훔쳤을까

앨리스와 그리핀이 도착해서 보니 하트 왕과 여왕은 왕좌에 앉아 있었다. 그 주위로 카드와 온갖 종류의 작은 새와 동물들이 떼거리로 모여 있었다. 그 앞에는 하트 잭이 양옆에서 병사들의 감시를 받으며 사슬에 묶여 있었다. 왕 옆에는 흰토끼가 한 손에는 나팔을, 다른 손에는 양피지 두루마리를 들고 서 있었다. 법정 한가운데 떡하니 자리 잡은 탁자 위에는 파이가 든 커다란 접시가 놓여 있었다. 어찌나 먹음직스럽게 보이는지 앨리스는 배가 고파졌다.

앨리스는 생각했다.

'재판이 끝나고 나서 간식으로 나눠주면 좋을 텐데!'

하지만 그럴 가능성은 없어 보였다. 앨리스는 시간을 때

우려고 주변을 이리저리 둘러보기 시작했다.

앨리스는 법정에 와본 적은 없지만 책에서 읽은 적이 있었다. 그래서 법정에 있는 것들의 이름을 거의 다 알고 있었기에 기분이 무척 좋았다.

앨리스는 혼잣말로 중얼거렸다.

"저 사람이 판사야. 커다란 가발을 썼잖아."

그러나 판사의 정체는 다름 아닌 왕이었다. 왕은 가발 위에 왕관을 써서 자못 불편해 보이고 어울리지도 않았다.

앨리스는 생각했다.

'저건 배심원석이고, 저기 열두 생물(그중 몇몇은 들짐승이고 몇몇은 날짐승이었기에 앨리스의 입에서는 '생물'이라는 말이 저절로 나왔다)은 배심원일 거야.'

앨리스는 스스로 대견해하며 마지막 단어를 두세 번 더 중얼거렸다. 자기 또래 가운데 그 말뜻을 아는 아이는 거의 없다고 생각했기 때문이다. 하지만 '배심원단'이라고 했으면 더 나을 뻔했다.

열두 배심원은 모두 석판에 뭔가를 열심히 적고 있었다.

앨리스는 그리핀에게 속삭였다.

"지금 재네들 뭐하고 있는 거야? 아직 재판을 시작하지 않아서 쓸 거리도 없을 텐데."

그리핀이 속삭이며 대답했다.

"자기 이름을 쓰는 거야. 재판이 끝나기 전에 혹시 이름을 잊어버릴까 봐."

앨리스는 기가 막혀 큰 소리로 말했다.

"멍청이들 아니야!"

그러나 얼른 입단속을 해야 했다. 흰토끼가 "법정에선 정숙하시오!"라고 외쳤고, 왕이 안경을 쓰고선 누가 떠드는지 찾으려고 불안한 눈빛으로 주위를 둘러보았기 때문이다.

앨리스는 마치 어깨너머로 본 듯이 배심원들이 석판 위에 "멍청이들 아니야"라고 쓰고 있다는 걸 알았다. 심지어 그중 하나는 '멍청이'란 단어도 쓸 줄 몰라 옆에 있는 동물에게 물어보고 있었다.

앨리스는 생각했다.

'재판도 끝나기 전에 석판이 뒤죽박죽되겠군!'

배심원 가운데 하나가 석필로 끽끽 긁어대는 소리를 냈다. 물론 앨리스는 이 소리를 참을 수 없어서 법정을 돌아 그 배심원 뒤로 가서는 눈 깜짝할 사이에 석필을 빼앗았다. 순식간에 벌어진 일이라 그 작고 가엾은 배심원(바로 도마뱀 빌이었다)은 무슨 일이 일어났는지도 미처 깨닫지 못했다. 그래서 석필을 찾아 여기저기 헤매다 결국 그날 내내 손가락 하나로 글씨를 써야 했다. 하지만 석판에 흔적이 남지 않아 아무 소용도 없는 짓이었다.

왕이 명령했다.

"전령관은 기소장을 읽어라!"

이 말에 흰토끼가 나팔을 우렁차게 세 번 불더니 양피지 두루마리를 활짝 펼치고 읽어 내려갔다.

어느 여름 날 하트 여왕님은 파이를 만드셨다.

하트 잭이 그 파이를 훔쳐 멀리 도망가 버렸다!

왕이 배심원들에게 말했다.

"평결을 내려라."

토끼가 다급히 끼어들었다.

"아직, 아직 안 됩니다! 그전에 처리해야 할 일이 많습니다!"

왕이 말했다.

"첫 번째 증인을 들라 하라."

흰토끼가 나팔을 세 번 불고 나서 소리쳤다.

"첫 번째 증인!"

첫 번째 증인은 모자 장수였다. 모자 장수는 한 손에는 찻잔을, 다른 손에는 버터 바른 빵 조각을 들고 법정으로 들어섰다.

"용서하십시오, 폐하. 출두 전갈을 받았을 때 차를 마시고 있었기에 그냥 들고 왔습니다."

왕이 말했다.

“다 마시고 왔어야지. 차는 언제부터 마셨느냐?”

모자 장수가 3월 토끼를 바라보았다. 3월 토끼는 겨울잠쥐와 팔짱을 끼고 모자 장수를 따라 법정으로 들어왔다.

모자 장수가 대답했다.

“3월 14일이었던 것 같습니다.”

3월 토끼가 말했다.

“15일이에요.”

겨울잠 쥐가 끼어들었다.

“16일이야.”

왕이 배심원들에게 명령했다.

“적어라.”

그러자 배심원들은 각자의 석판에 세 날짜를 열심히 받아 적은 다음 날짜를 돈으로 환산하듯 실링과 펜스 단위로 바꿨다.

왕이 모자 장수에게 말했다.

“모자를 벗어라.”

모자 장수가 말했다.

“이건 제 모자가 아닙니다.”

“훔쳤군!”

왕이 소리를 지르면서 배심원들을 돌아보자 그들은 곧바

로 그 말을 받아적었다.

모자 장수가 설명했다.

"전 이걸 팝니다. 제 건 하나도 없어요. 전 모자 장수니까요."

그 말에 여왕이 안경을 쓰고는 모자 장수를 매섭게 노려보았다. 모자 장수는 얼굴이 백지장처럼 하얗게 질려 어쩔 줄 몰라 했다.

왕이 말했다.

"증언하라. 긴장하지 말고. 안 그러면 이 자리에서 당장 목을 칠 테다."

이 말은 증인한테 조금도 도움이 되지 않는 듯했다. 모자 장수는 발을 동동 구르며 불안한 눈빛으로 여왕을 쳐다보았다. 그러다 당황한 나머지 버터 바른 빵을 먹는다는 게 그만 찻잔을 깨물어버렸다.

바로 그때 앨리스는 매우 이상한 기분이 들었다. 앨리스는 한동안 어리둥절해하다가 그 이유를 알아차렸다. 알고 보니 몸이 다시 커지고 있었다. 앨리스는 처음엔 이 법정에서 나가야겠다고 생각했지만 곧 마음을 바꿔 공간이 허락될 때까지 머물기로 했다.

앨리스의 옆자리에 앉은 겨울잠 쥐가 투덜거렸다.

"그렇게 꽉 밀지 좀 마. 숨 막혀 죽겠어."

앨리스는 아주 공손하게 대답했다.

"나도 어쩔 수가 없어. 몸이 커지고 있거든."

겨울잠 쥐가 대꾸했다.

"넌 여기서 커질 권리가 없어."

앨리스는 좀 더 대담하게 말했다.

"말도 안 되는 소리 좀 하지 마. 너도 크고 있잖아."

"그래, 하지만 난 정상적인 속도로 크고 있지. 그렇게 황당하게 커지진 않는다고."

겨울잠 쥐는 새쭉한 표정으로 자리를 박차고 일어나더니 다른 쪽으로 건너가 버렸다.

여태까지 모자 장수를 노려보고 있던 여왕은 겨울잠 쥐가 법정을 가로지르는 순간 관리에게 명령했다.

"지난번 음악회에서 노래했던 가수들 명단을 가져와라!"

가엾은 모자 장수는 그 소리를 듣고 얼마나 몸을 떨었던지 그만 양쪽 신발까지 벗겨졌다.

왕은 화가 나서 소리쳤다.

"증언하라. 안 그러면 네가 겁을 내든 말든 당장 목을 베어버릴 테다."

모자 장수가 바들바들 떨리는 목소리로 입을 열었다.

"소인을 불쌍히 여겨주시옵소서. 차를 마시기 시작한 건 일주일도 채 안 됐습니다. 버터 바른 빵은 자꾸 얇아지고, 차가 어찌나 반짝거리던지……."

In this Style 10/6

왕이 물었다.

"뭐가 반짝거린다고?"

모자 장수가 대답했다.

"반짝거리는 것(twinkle)이 차(tea)에서 시작했다고요."

왕이 날카롭게 말했다.

"물론 반짝거리는 것은 티(t)로 시작하잖아! 나를 바보로 아느냐? 계속하라!" (모자 장수는 '반짝거리는 것twinkle'이 '차tea'에서 시작했다고 말했는데, 왕은 'tea'를 't'로 알아들었다 – 옮긴이)

모자 장수가 말했다.

"소인을 불쌍히 여겨주시옵소서. 그 후 모든 게 반짝거리기 시작했는데…… 3월 토끼가 하는 말이……."

3월 토끼가 다급히 끼어들었다.

"전 안 그랬습니다."

모자 장수가 말했다.

"네가 그랬잖아."

3월 토끼가 되받아쳤다.

"난 안 그랬어!"

왕이 말했다.

"안 그랬다니 그 부분은 넘어가도 좋다."

모자 장수가 말을 이었다.

"어쨌든 겨울잠 쥐가 말하길……."

모자 장수는 겨울잠 쥐마저 안 그랬다고 할까 봐 걱정스럽게 뒤를 돌아보았다. 하지만 겨울잠 쥐는 잠에 곯아떨어져 아무 말도 하지 않았다.

모자 장수가 말을 이어갔다.

"그 후에 전 버터 바른 빵을 좀 더 잘랐습니다……."

배심원 가운데 하나가 물었다.

"그런데 겨울잠 쥐가 뭐라고 했나요?"

모자 장수가 대답했다.

"기억이 나지 않는데요."

왕이 말했다.

"기억해내라! 그러지 않으면 사형에 처하겠다!"

가엾은 모자 장수는 찻잔과 버터 바른 빵을 떨어뜨리더니 한쪽 무릎을 꿇었다.

"소인을 불쌍히 여겨주시옵소서, 폐하."

왕이 말했다.

"말도 지지리도 못하는구나."

이때 기니피그 한 마리가 환호성을 지르다 법정 관리들에게 곧바로 진압당했다. (진압이란 단어는 좀 어려운 말이므로 어떻게 했는지 설명하겠다. 관리들은 입구를 끈으로 묶는 커다란 마대 자루 안에 기니피그를 거꾸로 집어넣은 다음 그 위에 깔고 앉았다.)

앨리스는 생각했다.

'직접 보게 돼서 정말 다행이야. 신문에서 재판이 끝날 즈음에 박수가 터져 나오면 관리들이 곧바로 진압했다는 기사를 많이 봤잖아. 이제야 그 뜻을 알겠어.'

왕이 말을 이었다.

"그게 네가 아는 전부라면 이제 내려가도 좋다."

모자 장수가 대답했다.

"더는 내려갈 데가 없는데요. 전 바닥에 서 있거든요."

왕이 말했다.

"그럼 자리에 앉아도 좋다."

또 다른 기니피그가 환호성을 질렀지만 마찬가지로 진압되었다.

앨리스는 생각했다.

'음, 기니피그가 다 없어졌네. 이제야 재판이 좀 제대로 흘러가겠군.'

모자 장수가 가수 명단을 보고 있는 여왕을 걱정스럽게 바라보며 말했다.

"저, 차를 마저 마시러 가고 싶습니다."

"가도 좋다."

왕이 허락하자 모자 장수는 신발도 신지 않은 채 걸음아 나 살려라 하고 법정을 빠져나갔다.

여왕이 한 관리에게 명령했다.

"저놈을 쫓아가 목을 쳐라!"

하지만 관리가 문에 이르기도 전에 모자 장수는 이미 사라지고 없었다.

왕이 명령했다.

"다음 증인을 들라 하라!"

다음 증인은 공작 부인의 요리사였다. 요리사는 한 손에 후추 통을 들고 있었다. 앨리스는 요리사가 법정에 들어서기 전부터 사람들이 갑자기 재채기를 해대는 바람에 누구인지 벌써 짐작했다.

왕이 말했다.

"증언하라."

요리사가 대답했다.

"싫습니다."

왕이 초조한 표정으로 흰토끼를 바라보자 흰토끼가 조용히 말했다.

"폐하, 이 증인은 엄하게 따져 물으셔야 합니다."

왕은 침울한 목소리로 대답했다.

"알았다. 그래야 한다면 그래야지."

왕은 팔짱을 끼고 앞이 거의 안 보일 정도로 눈을 찌푸리고는 낮은 목소리로 말했다.

"파이는 무엇으로 만드느냐?"

요리사가 대답했다.

"대부분 후추입니다."

요리사 뒤에서 졸린 목소리가 들려왔다.

"당밀이죠."

그때 여왕이 소리를 질렀다.

"저 겨울잠 쥐를 체포하라! 저놈의 목을 쳐라! 법정에서 끌어내라! 진압하라! 꼬집어라! 수염을 뽑아라!"

잠시 법정은 겨울잠 쥐를 쫓아내느라 한바탕 소동이 벌어졌다. 잠시 뒤 모두 제자리로 돌아왔을 땐 요리사는 이미 자취를 감춘 상황이었다.

왕은 한숨을 돌렸다는 듯이 말했다.

"신경 쓸 것 없다!"

그러더니 나지막한 목소리로 여왕에게 말했다.

"여보, 다음 증인은 당신이 심문 좀 하구려. 난 너무 골치가 아파요!"

앨리스는 명단을 손으로 더듬거리는 흰토끼를 보면서 다음 증인이 누구인지 궁금해서 미칠 지경이었다.

앨리스가 중얼거렸다.

"아직 증언이랄 것도 없었잖아."

바로 그때였다. 흰토끼가 날카로운 소리를 목청껏 높여 "앨리스!" 하고 불렀다. 그 순간 앨리스가 얼마나 놀랐을지 한번 상상해보라.

12장

앨리스의 증언

"여기요!"

앨리스는 너무 당황한 나머지 몇 분 사이에 몸집이 커졌다는 사실도 깜빡 잊고 벌떡 일어섰다. 그 바람에 배심원석이 앨리스의 치맛자락에 걸려 뒤집어졌다. 그리고 배심원들은 청중의 머리 위로 떨어져 큰 대자로 뻗어버렸다. 그 모습을 보자 앨리스는 지난주에 실수로 엎어버린 금붕어 어항이 생각났다.

앨리스는 깜짝 놀라 소리쳤다.

"어이쿠, 죄송해요!"

앨리스는 허겁지겁 배심원들을 집어 올리기 시작했다. 머릿속에서 금붕어 어항 사건이 계속 떠올라 얼른 배심원석으로 돌려놓지 않으면 전부 죽을지도 모른다는 생각이 들었다.

왕이 매우 엄숙한 목소리로 말했다.

"재판을 진행할 수 없다."

그러더니 앨리스를 매섭게 노려보면서 다시 힘주어 말했다.

"배심원들이 모두 제자리에 앉기 전까진!"

앨리스는 배심원석을 보다가 조금 전 너무 허둥지둥하는 바람에 도마뱀을 거꾸로 앉혔다는 걸 알아차렸다. 가엾은 도마뱀은 꼼짝도 못하고 애처롭게 꼬리만 달랑달랑 흔들고 있었다.

앨리스는 얼른 도마뱀을 집어 똑바로 앉히며 혼잣말로 중얼거렸다.

"이런다고 무슨 소용이야. 똑바로 앉아도 재판에 도움이 안 되긴 마찬가진데."

배심원들은 아까 받은 충격에서 어느 정도 회복하고 석판과 석필도 다시 찾자 사건의 진상을 부지런히 기록하기 시작했다. 다만 도마뱀만이 정신을 놓았는지 입을 헤벌쭉 벌린 채 천장만 올려다보고 있었다.

왕이 앨리스에게 물었다.

"이 일에 대해 뭘 알고 있지?"

앨리스가 대답했다.

"전 아무것도 몰라요."

왕이 집요하게 물었다.

"하나도 몰라?"

앨리스가 대답했다.

"전혀 몰라요."

왕이 배심원들을 돌아보며 말했다.

"이건 매우 중요한 내용이군."

배심원들이 이 말을 석판에 받아적으려는데 흰토끼가 끼어들었다.

"폐하의 말씀은 물론 안 중요하다는 뜻이겠지요."

흰토끼의 말투는 아주 공손했지만 얼굴은 우거지상을 하고 있었다.

왕은 얼른 말을 바꿨다.

"물론 안 중요하다는 뜻이지."

그러더니 마치 어떤 말이 더 듣기 좋은지 시험이라도 하듯 중얼거렸다.

"중요한, 안 중요한, 안 중요한, 중요한……."

어떤 배심원들은 '중요한'이라고 썼고, 또 다른 배심원들은 '안 중요한'이라고 썼다. 앨리스는 배심원들 가까이 앉아 있어서 석판의 글씨를 똑똑히 볼 수 있었다.

앨리스는 생각했다.

'이게 다 무슨 소용이람.'

그때 공책에 뭔가를 열심히 적고 있던 왕이 느닷없이 소리를 질렀다.

"조용히 하라!"

그러더니 큰 소리로 공책에 쓴 것을 읽었다.

"규칙 제42조! 키가 1.6킬로미터가 넘는 사람은 법정을 떠나야 한다."

모두 한꺼번에 앨리스를 바라보았다.

앨리스는 말했다.

"전 그 정도로 크지 않아요."

왕이 말했다.

"넌 그 정도 돼."

여왕도 옆에서 거들었다.

"아마 3킬로미터 정도 될걸."

앨리스가 말했다.

"어쨌든 전 나가지 않을래요. 게다가 그건 정식 규칙도 아닌걸요. 방금 전에 지어낸 거잖아요."

왕이 말했다.

"이건 가장 오래된 규칙이야."

앨리스가 말했다.

"그렇다면 제1조가 되어야죠."

왕의 얼굴이 새하얗게 변하더니 얼른 공책을 덮었다. 왕은 배심원들에게 낮고 떨리는 목소리로 말했다.

"평결을 내려라."

흰토끼가 다급한 듯 펄쩍 뛰면서 말했다

"아직 증거가 남아 있습니다. 폐하, 방금 이 편지를 손에 넣었습니다."

여왕이 물었다.

"뭐라고 적혀 있느냐?"

흰토끼가 대답했다.

"저도 아직 열어보지 않았지만 죄인이 누군가한테 쓴 편지 같습니다."

왕이 말했다.

"당연히 그러겠지. 누군가한테 쓴 게 아니라면 그게 더 이상하잖아."

한 배심원이 물었다.

"누구한테 보낸 거죠?"

흰토끼가 말했다.

"보낸 게 아닙니다. 사실 겉면에는 아무것도 적혀 있지 않습니다."

흰토끼가 종이를 펼치면서 이렇게 덧붙였다.

"이건 편지가 아닙니다. 시입니다."

다른 배심원이 물었다.

“죄인의 글씨인가요?”

흰토끼가 대답했다.

“아니요, 그건 아닙니다. 그게 가장 이상한 점입니다.” (배심원들은 모두 어리둥절한 표정을 지었다.)

왕이 말했다.

“다른 사람의 글씨를 흉내 낸 게 분명해.” (배심원들의 표정이 다시 환해졌다.)

하트 잭이 말했다.

“폐하, 저는 그걸 쓰지 않았습니다. 제가 썼다는 증거도 없지 않습니까. 끝에 제 서명도 없고요.”

왕이 말했다.

“서명이 없다면 네게 더 불리하지. 분명 나쁜 짓을 하려고 서명하지 않았을 테지. 안 그랬다면 정직한 사람들처럼 서명했을 거야.”

이 말에 청중석에서 박수갈채가 쏟아져 나왔다. 왕이 그날 들어 처음으로 똑똑한 말을 했기 때문이다.

여왕이 말했다.

“그걸로 유죄가 입증된다. 당장 저놈의 목을…….”

이때 앨리스가 소리쳤다.

“그건 아무것도 입증 못 해요. 아직 무슨 내용인지도 모르잖아요!"

왕이 말했다.

"읽어보아라."

흰토끼가 안경을 쓰고는 물었다.

"폐하, 어디서부터 시작할까요?"

왕은 매우 엄숙하게 말했다.

"처음부터 끝까지 멈추지 말고 읽어라. 그런 다음 멈춰라."

흰토끼가 시를 읽는 동안 법정은 쥐 죽은 듯이 고요했다.

그들이 말하길 당신이 그녀한테 가서는
그에게 내 이야기를 했다고 하네요.
그녀는 나를 칭찬했지만
내가 수영을 못한다고 말했지요.

그는 그들에게 내가 가지 않았다고 전했어요.
(우리는 그게 사실이란 걸 알지요.)
그녀가 그 문제를 따지고 들면
당신은 어떻게 될까요?

나는 그녀에게 하나를 주었고,
그들은 그에게 둘을 주었으며,

당신은 우리에게 셋 이상을 주었죠.
그들은 그에게 받은 것을 모두 당신한테 돌려줬어요.
물론 전에는 그것이 모두 내 것이었지만요.

혹시라도 나나 그녀가 이 일에
관련된다면
그는 당신이 그들을 풀어줄 거라고 믿어요.
우리가 꼭 그랬던 것처럼.

내 생각은 이랬어요.
(그녀가 이렇게 화를 내기 전에)
당신은 그와 우리 그리고 그것 사이의
장애물이라고.

그녀가 가장 좋아하는 건 그들이라는 사실을
그가 알지 못하게 해요.
이것은 다른 사람들은 몰라야 하는
당신과 나 둘만의 비밀이니까.

왕이 두 손을 비비면서 말했다.
"이건 지금까지 들었던 것 중 가장 중요한 증거로군. 이제 배심원들이…….”

앨리스가 말했다.

“이 시를 설명할 수 있는 배심원이 있다면(앨리스는 그사이 키가 확 커져서 이젠 왕의 말을 자르는 게 조금도 두렵지 않았다) 그 사람에게 6펜스를 주겠어요. 전 이 시에는 티끌만 한 뜻도 없다고 생각해요.”

배심원들 모두 석판에 이렇게 썼다.

“저 아이는 이 시에 티끌만 한 뜻도 없다고 생각한다.”

그러나 시를 설명하려는 배심원들은 아무도 없었다.

왕이 말했다.

“만약 그 시에 아무 의미가 없다면 큰 수고를 더는 게지. 의미를 찾을 필요가 없어지니까. 하지만 아직은 몰라.”

왕은 시가 적힌 종이를 무릎에 펼쳐놓고 한쪽 눈으로 살펴보면서 말했다.

“아무래도 무슨 뜻이 숨어 있는 것 같아. ‘……내가 수영을 못한다고 말했지요.’”

왕이 하트 잭을 돌아보며 말했다.

“넌 수영을 못하지, 그렇지?”

하트 잭은 슬픈 듯이 머리를 끄덕였다.

“제가 수영하게 생겼습니까?” (몸이 마분지로 된 그가 수영을 못하는 건 당연했다.)

왕이 말했다.

"지금까진 문제없어."

왕은 시를 보며 혼잣말로 중얼거렸다.

"'우리는 그게 사실이란 걸 알지요.' 여기서 우리란 물론 배심원들이지. '그녀가 그 문제를 따지고 들면.' 이건 여왕일 테고. '당신은 어떻게 될까요?' 뭐라고! '나는 그녀에게 하나를 주었고, 그들은 그에게 둘을 주었으며…….' 음, 이건 저놈이 파이를 가지고 그랬다는 말이겠지……."

앨리스가 말했다.

"하지만 '그에게 받은 것을

모두 당신한테 돌려줬어요'라고 적혀 있잖아요."

왕은 탁자 위의 파이를 가리키며 의기양양하게 말했다.

"그래, 저기 있는 것 말이지? 저것보다 더 확실한 증거는 없어. 그런 다음 '그녀가 이렇게 화를 내기 전에…….'"

왕이 여왕에게 물었다.

"당신은 화를 낸 적이 없지, 여보?"

여왕은 벌컥 화를 내면서 도마뱀 빌에게 잉크 병을 집어 던졌다.

"절대로요!" (불운한 도마뱀 빌은 손가락 하나로 석판에 글을 써도 아무런 흔적이 남지 않자 글쓰기를 멈춘 상태였다. 그러던 중에 잉크가 얼굴을 타고 뚝뚝 흘러내리자 그걸로 얼른 다시 쓰기 시작했다.)

왕이 미소 띤 얼굴로 법정을 둘러보면서 말했다.

"그럼 이 말이 당신한테 들어맞는 건 아니군." (앞의 시에서 나온 'fit'은 '화'라는 뜻으로 쓰였고, 지금 왕이 말한 "The words don't fit you"에서는 '무언가에 들어맞다'라는 뜻으로 쓰였다 —옮긴이)

그 순간 법정은 쥐 죽은 듯 조용해졌다.

"말장난이야!"

왕이 화난 어조로 이렇게 덧붙이자 그때야 모두 웃음을 터뜨렸다.

왕이 말했다.

"배심원들은 평결을 내려라."

그날만 벌써 스무 번째 하는 말이었다.

여왕이 소리쳤다.

"안 돼, 안 돼. 선고가 먼저야……. 그다음이 평결이야."

앨리스가 버럭 소리를 질렀다.

"말도 안 돼요! 선고가 먼저라니요!"

여왕은 화가 나서 얼굴이 붉으락푸르락해졌다.

"입 닥쳐!"

"싫어요!"

여왕이 고래고래 소리를 질렀다.

"저 애의 목을 쳐라!"

하지만 아무도 움직이지 않았다.

앨리스가 말했다.

"누가 당신 말에 겁낼 줄 알아요? 고작 종이 카드인 주제에!"

(이제 앨리스는 원래 키로 되돌아와 있었다.)

이 말에 카드들이 모두 공중으로 떠오르더니 앨리스를 덮쳤다. 앨리스는 겁도 나고 화도 나서 "꺅!" 하고 소리를 지르면서 카드를 쳐내려고 했다. 그런데 다음 순간 잠에서 깬 앨리스는 자신이 언니 무릎을 베고 강둑에 누워 있다는 걸 깨달았다. 언니는 앨리스의 얼굴 위로 살랑살랑 떨어져 내리는 낙엽을 부드럽게 털어내고 있었다.

언니가 말했다.

"앨리스야! 일어나! 무슨 잠을 그렇게 오래 자니?"

"아, 정말 이상한 꿈을 꿨어!"

앨리스는 여러분이 방금까지도 읽고 있던 이 모든 신기한 모험 이야기를 기억나는 대로 언니에게 들려주었다. 이야기를 마치자 언니는 앨리스에게 뽀뽀를 해주었다.

"정말 이상한 꿈이구나. 이젠 차를 마시러 가야지. 이러다 늦겠어."

앨리스는 벌떡 일어나 달리기 시작했다. 그러면서 정말 놀라운 꿈이었다고 생각했다.

앨리스가 떠난 뒤에도 언니는 손으로 턱을 괴고 앉아 저녁놀을 바라보았다. 그리고 동생 앨리스와 앨리스의 놀라운 모험 이야기를 생각하면서 자신도 꿈으로 빠져들었다. 언니가 꾼 꿈은 이랬다.

먼저 언니는 앨리스의 꿈을 꾸었다. 앨리스는 다시 한 번 언니의 무릎 위에 깍지 낀 작은 손을 올려놓고는 초롱초롱 빛나는 눈으로 언니를 올려다보았다. 앨리스의 목소리가 생생하게 들려왔다. 자꾸만 눈을 찌르는 머리카락을 뒤로 넘기려고 고개를 독특하게 젖히는 앨리스의 모습도 보였다. 언니는 계속 귀를 기울였다. 아니, 귀를 기울이는 듯 보였다. 그러자 사방이 앨리스의 꿈속에서 나왔던 이상한 동물들로 북

적대면서 살아 움직이기 시작했다.

흰토끼가 허둥지둥 뛰어가자 키 큰 풀잎들이 언니의 발밑에서 바스락거렸다. 놀란 쥐는 근처 연못으로 물을 튀기며 첨벙 뛰어들었다. 3월 토끼와 그의 친구들이 끝없는 다과회를 열면서 찻잔을 달그락거리는 소리도 들렸고, 불운한 손님들에게 사형을 명령하는 여왕의 귀 째지는 고함도 들렸다. 돼지 아기는 공작 부인의 무릎에서 재채기를 하고 있고, 그 주위로 접시와 그릇들이 와장창 깨지고 있었다. 또한 그리핀이 악 쓰는 소리, 도마뱀 빌이 석필로 석판을 끽끽 긁어대는 소리, 기니피그가 진압당하면서 숨 막혀 하는 소리, 가엾은 가짜 거북이가 멀리서 훌쩍이는 소리가 한데 어우러져 언니의 귓가에 울려 퍼졌다.

언니는 앉아서 눈을 감은 채 자신이 이상한 나라에 와 있다고 반쯤 믿기 시작했다. 그러나 눈을 뜨면 이 모든 게 따분한 현실로 바뀌리란 것도 알고 있었다. 풀잎들은 바람결에 바스락거리는 것이고, 연못의 잔물결은 갈대가 바람에 흔들리는 것임을……. 달그락거리는 찻잔은 양의 목에 걸린 방울소리로 바뀌고, 여왕의 고함은 양치기 소년의 외침으로 바뀌리라는 것을……. 아기의 재채기와 그리핀의 악 쓰는 소리 그리고 그 밖의 온갖 이상한 소리들은 (언니가 알기로는) 부산한 농장에서 들려오는 시끄러운 소리로 바뀌고, 가짜 거북이의 구슬픈 훌쩍임은 멀리서 음매 하는 소의 울음소리로 바뀌리라는 것을 알았다.

마지막으로 언니는 먼 훗날 어엿한 숙녀로 성장한 동생의 모습을 머릿속에 그려보았다. 나이를 먹어가는 동생이 어린 시절의 순수하고 사랑스러운 마음을 어떻게 지켜나갈지, 또 아이들 앞에서 오래전 자신이 꾸었던 이상한 나라의 모험 이야기를 들려주면서 그들의 눈동자를 얼마나 반짝반짝 빛나게 할지도 생각해보았다. 그리고 자신의 어린 시절과 행복했던 여름날을 기억하면서 아이들의 소박한 슬픔을 함께 느끼고, 아이들의 순수한 기쁨에서 즐거움을 찾는 앨리스의 모습을 마음속 도화지에 그려보았다.

옮긴이 최지원

서강대학교 영어영문학과를 졸업하고 성균관대학교 번역테솔대학원에서 번역학 석사학위를 취득했다. 이후 다양한 분야의 논문, 잡지 등을 번역하다가 현재는 출판번역에이전시 베네트랜스에서 전문 번역가로 활동 중이다. 옮긴 책으로는 『일릭트릭 리빙』『옴니, 자기사랑으로 가는 길』『태핑 솔루션』『우주 조각가』『생존의 법칙』 등이 있다.

이상한 나라의 앨리스

초판 1쇄 발행 | 2018년 10월 16일

지은이 | 루이스 캐럴
옮긴이 | 최지원

펴낸이 | 이삼영
책임편집 | 카후
마케팅 | 푸른나래
디자인 | 호기심고양이

펴낸곳 | 별글
블로그 | http://blog.naver.com/starrybook
등록 | 제 2014-000001 호
주소 | 경기도 고양시 덕양구 오금로 7 305동 1404호(신원동)
전화 | 070-7655-5949 팩스 | 070-7614-3657

ISBN 979-11-86877-91-3
979-11-86877-81-4(세트)